# ES POÉSIES

PUZIN,

CHEZ LES LIBRAIRES

1859

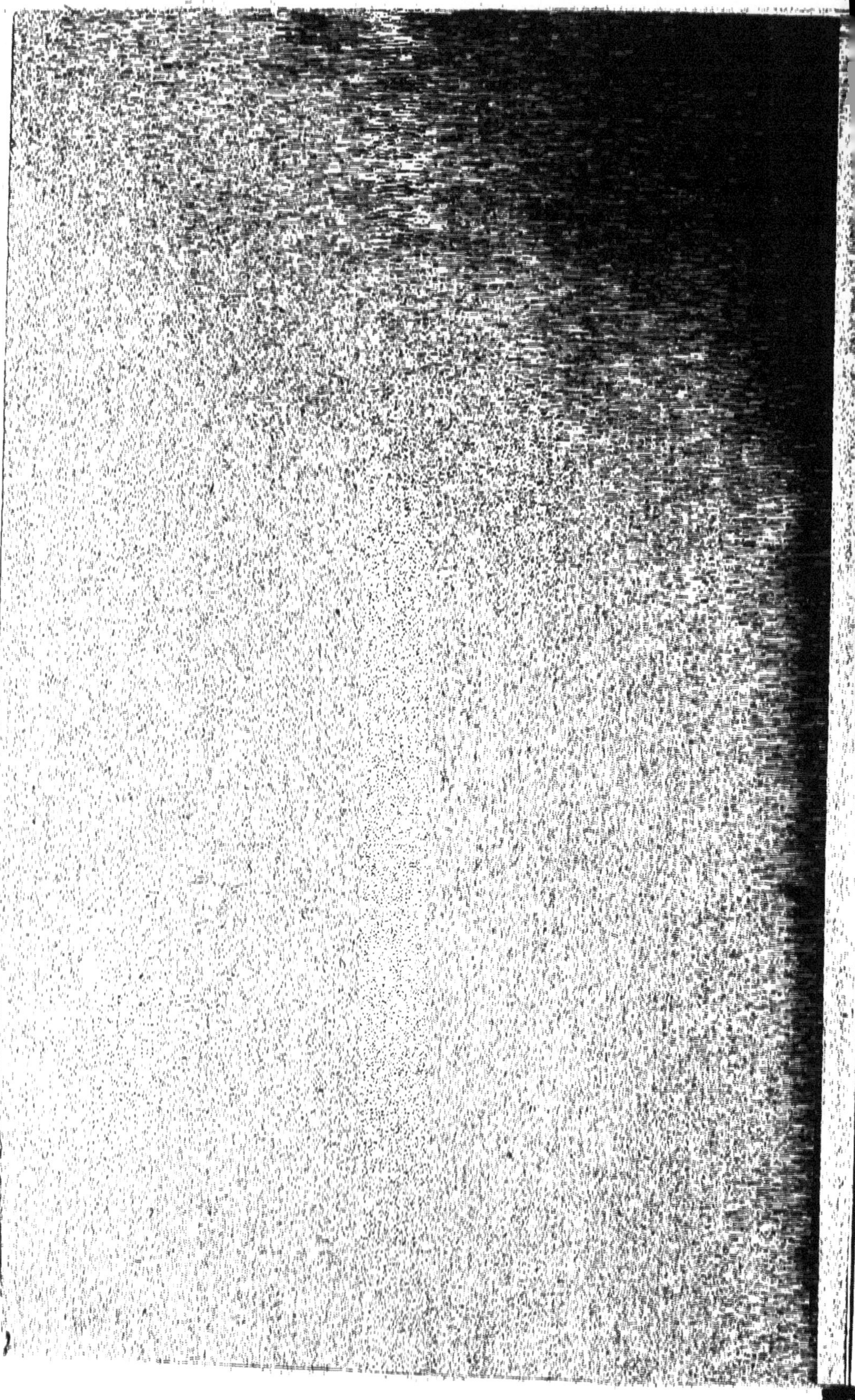

# FABLES

ET

# AUTRES POÉSIES

DE

**J.-L. PUZIN,**

DE VIENNE.

SE VEND CHEZ LES LIBRAIRES.

—



1859.

1860

Vienne. — Imprimerie et lithographie de Joseph TIMON, montée des Capucins, 7.

# INTRODUCTION.

Sorti, à l'âge de dix ans, d'une école de Vienne pour ne rentrer dans aucune autre, j'étais loin de songer que, vingt-six ans après, je m'amuserais à faire de la poésie, surtout n'ayant pu recevoir, à cet âge, qu'une instruction toujours insuffisante. Eh bien ! je le dirai pour que chacun le sache : c'est après avoir consacré ces vingt-six ans au travail de la fabrique de draps et de la filature de laine, que j'ai été poussé malgré moi à m'instruire seul, en surveillant encore pendant quelques années ma filature. Là, pensif auprès d'elle, une grammaire en main, que je voyais pour la première fois, je consacrais mes loisirs, et principalement une partie des dimanches, à m'instruire au plus tôt de ses règles. Quelques années m'ont suffi, non pour faire un homme instruit comme le sont ceux qui sortent d'un collége après avoir fait toutes leurs classes, mais je l'étais assez pour pouvoir écrire la langue française, avec l'orthographe, si nécessaire à la poésie ainsi qu'à tout autre ouvrage. Le lecteur ne doit donc point compter, en lisant cet ouvrage, d'y trouver cette perfection dans le style que l'on trouve dans les œuvres de nos meilleurs poëtes; mais, enfin, il verra que j'y ai fait tout ce que ma faible instruction me permettait de faire. C'est donc pour ce motif que je le prie de m'accorder toute son indulgence, lorsqu'il voudra se distraire à le lire.

---

# FABLES ET AUTRES POÉSIES

DE

**J.-L. PUZIN.**

---

LIVRE Ier.

—

## LA POULE ET SES PETITS, LE COQ ET L'OISEAU DE PROIE.

« Vous voyez cet oiseau qui plane et qui s'avance :
« Fuyez-le, mes enfants, redoutez sa présence;
« C'est en notre pays le seul qui nous poursuit;
« Seul on le voit toujours, nul autre ne le suit;
« Il se pose partout, épie avec finesse
« Les lieux où nous cherchons à nous nourrir sans cesse,
« Et lorsqu'il nous y voit, il fond alors sur nous,
« Et rarement on peut de lui s'éloigner tous.
« Il nous sait enlever si vite avec ses serres,
« Nous emporter soudain au loin sur d'autres terres
« Pour nous y dévorer impitoyablement,
« Malgré nos cris, nos pleurs et notre affreux tourment!
« Votre père est le seul qu'il craigne et qu'il redoute :
« Soit qu'il le voie hardi, très-courageux sans doute,
« Cet oiseau craint un peu de s'attaquer à lui.
« Cependant, comme moi, votre père le fuit;

« Lui-même est le premier à me donner l'alarme.
« Sitôt qu'il l'aperçoit sa fierté se désarme ;
« Mais il ne fuit jamais que lorsqu'il peut me voir
« Dans un coin où l'oiseau ne peut m'apercevoir. »
Le conseil était bon, mais souvent la jeunesse
N'écoute point un ordre, et même le transgresse;
Car cet oiseau de proie ayant vu voltiger
La poule et ses petits, qui cherchaient à manger,
Disparut promptement et revint les surprendre
En fondant sur la poule, espérant de la prendre.
Le coq, l'apercevant, par un cri les prévint :
Chacun fuit, en courant, l'ennemi qui revint,
Et la poule, craignant pour toute sa famille,
Voulut la rassembler dessous une charmille;
Mais cet oiseau de proie, aussi prompt que l'éclair,
La surprit en chemin et l'enlevait en l'air.
Heureusement pour elle, en ce fatal moment,
Que le coq sur l'oiseau fondit rapidement,
L'attaqua sans frayeur, et lui fit lâcher prise,
Le renversa deux fois par feinte ou par surprise :
« Ah! tu crois, lui dit-il, de me faire trembler!
« Approche donc encore, et je vais redoubler.
« Je te croyais plus gros, plus fort, plus redoutable;
« Mais je vois que tu n'es qu'un chétif effroyable;
« Que tes plumes, méchant, cachent ton corps défait,
« Et te rendent léger pour commettre un méfait.
Pendant ce temps la poule, en volant, allait joindre
Ses petits alarmés, qui n'avaient plus à craindre;
Et l'oiseau, confondu d'avoir été battu,
S'envola promptement, triste et bien abattu.
Mais le coq triomphant, content de sa victoire,

La célébra tout haut en chantant tant de gloire;
Puis rejoignit sa sœur, et lui dit fièrement :
— Ah ! ma sœur, l'ai-je su battre complétement ?
Je crois que de longtemps il ne prendra l'envie
De venir devant moi vous arracher la vie !
— Vous vous êtes, mon cher, battu très-vaillamment :
Vous nous avez sauvés ! Que vous êtes charmant !
— Mais que lui disiez-vous quand je vous ai vu rire ?
— Je lui disais, ma sœur, que l'on ne devait pas,
Surtout lorsqu'on voulait faire un fameux repas,
Vous manger devant moi sans vous avoir fait cuire.

---

## LE LION ET LA GIRAFE.

Dans un trou très-profond, en forme d'entonnoir (*),
Un énorme lion, un jour, se laisse choir.
Pendant qu'il cherche en vain à sortir de ce piége,
Avant que l'Africain ne vienne et ne l'assiége,
Il exècre son sort et l'intrigant mortel
Qui savait lui causer un trépas si cruel.

---

(*) Le trou creusé par les Arabes pour prendre le lion a la forme d'un vaste entonnoir ayant plus de cinq mètres de profondeur, et, dans le haut, trois mètres et demi de diamètre ; ils le couvrent de quelques branches, et y placent une chèvre qui attire par ses cris le lion, qui, en sautant sur sa proie, tombe dans le piége.

« Eh quoi ! se disait-il, un homme ainsi nous traite (*),
« Nous qui le respectons jusqu'en notre retraite !
« Car ni moi, ni les miens ne l'osons attaquer
« Que lorsqu'il ose, enfin, parfois nous provoquer.
« Cependant nous avons la force et le courage :
« Le combat serait donc tout à notre avantage.
« Loin de nous savoir gré d'un tel ménagement,
« Le perfide nous tue aussi cruellement !
« Ah ! si je puis sortir de cette fosse horrible,
« Je fais faire aux mortels la mort la plus terrible ! »
Pendant qu'il rugissait continuellement,
En essayant, parfois, d'en sortir vainement,
La girafe, en passant, entendit la victime,
S'approcha promptement sur le bord de l'abîme :
— Pauvre lion, dit-elle, au piége tu t'es pris :
Lorsqu'on mange la chèvre, ah ! qu'on en sent le prix !
Tu n'en sortiras pas ; je plains ton infortune :
Attends-toi d'y mourir sans espérance aucune.
— O girafe géante ! O reine des forêts !
Le Ciel, pour me sauver, vous fait passer exprès.
Je connais votre cœur, la bonté de votre âme :
Vous pouvez m'en tirer, de vous je le réclame.
— Ce serait, lui dit-elle, un grand plaisir pour moi
De te sortir de là... j'ai bien pitié de toi,
Mais je ne sais vraiment quel moyen il faut prendre.
— Le moyen est très-simple : essayez d'y descendre ;
Le quart de votre corps restera hors du trou,

---

(*) Il est parfaitement reconnu que le lion n'attaque l'homme que lorsque ce dernier ose le provoquer.

Et je pourrai grimper jusque sur votre cou.
Vous sentez que de là je puis sauter à terre;
Ce saut pour un lion est très-facile à faire.
Vous m'aurez donc sauvé d'un péril imminent,
Et vous pourrez, après, sortir incontinent.
Vous devez bien penser qu'un service semblable
Rendra mon amitié pour vous toujours durable.
La girafe accepta la proposition,
Et s'y laissa glisser avec précaution,
Abandonnant au trou ses jambes de derrière,
Que le lion guettait en dressant sa crinière.
— Vous voyez, lui disait le lion, fin matois,
En bien adoucissant le son dur de sa voix,
Que rien n'est impossible à ma chère déesse,
Dont j'admire à présent la souplesse et l'adresse;
Car si je possédais un corps si haut, si long,
Je sortirais d'un trou quatre fois plus profond.
Puis, lui portant soudain les griffes à la cuisse,
Le lion sur son dos au même instant se hisse.
— Tes griffes, lui dit-elle, ont traversé ma peau!
— C'est que, dit le lion, j'ai fait un fameux saut!
Maintenant me voilà hors d'un danger immense.
On est mal en ce trou : l'on a fort peu d'aisance.
— C'est vrai, dit la girafe, essayant d'en sortir,
Qui d'être descendue avait le repentir;
Il semble que quelqu'un au fond du trou me tire!
— Quoi! lui dit le lion, vous dites ça pour rire :
Vous avez tout le col et les jambes dehors.
Il faut vous élancer, faire de grands efforts!
La girafe esseya, mit toute son adresse,
Sans pouvoir en sortir nonobstant sa souplesse.

— Portez, dit le lion, vos jambes loin du trou,
Et je vous vais saisir au beau milieu du cou;
Je crois que, cette fois, vous sortirez sans peine.
La girafe, étouffée et respirant à peine,
Lui dit : — O malheureux! tu déchires ma peau;
Cesse de me tirer : j'y mourrai s'il le faut.
— Non, lui dit le lion; je prétends, ô ma reine,
Vous sauver. Attendez : dans peu je vous amène
Du soudan, en ces lieux, les plus forts éléphants,
Qui ne se servent point, pour porter, de leurs dents;
Ils vous enlèveront avec délicatesse.
Adieu, ma reine, adieu. Comptez sur ma promesse.

---

## L'ENLÈVEMENT AU COUVENT.

— Laure, je te défends de reparler à George :
Le fils d'un forgeron, qui pour bien a sa forge,
Peut-il te procurer un heureux avenir?
Quelle honte pour nous! Mais je veux t'en punir.
Si je te peux surprendre avec lui tête à tête,
Ne crois pas que je sois envers vous malhonnête,
Mais je te conduirai sur-le-champ au couvent,
Et nous serons sur toi plus tranquilles qu'avant.
Nous saurons en ce lieu te contraindre de prendre
Celui qu'on te destine et qui veut bien t'attendre.
— Je ne le prendrai pas, non, je ne l'aime point;

Je crois m'être expliquée avec vous sur ce point :
Je sais qu'un jeune homme est très-insupportable
Lorsqu'il est libertin, joueur infatigable ;
Il peut, en quelques mois, dissiper son avoir,
Me rendre malheureuse... On me l'a fait prévoir.
— Tu le prendras bientôt, pour t'apprendre à médire,
Et je vais au couvent malgré toi te conduire ;
Puisque tu me réponds si malhonnêtement,
Pour toi je n'aurai plus aucun ménagement.
En effet, dès le soir Laure y fit son entrée,
Feignant la désirer, quoiqu'elle en fût outrée.
Mais George ayant appris qu'elle était au couvent,
Lui qui la chérissait, la courtisait souvent,
Jura de l'en sortir. Il lui fit donc remettre,
Un jour, secrètement, par quelqu'un une lettre.
Voici son contenu : « Je sais que, malgré toi,
« On vient de te cloîtrer pour t'éloigner de moi ;
« Mais un couvent pour moi n'a rien d'impénétrable :
« Je saurai te sortir de ce lieu respectable.
« Rends-toi, demain matin, près du mur du jardin,
« Et quand tu m'entendras approche-toi soudain ;
« Tout sera préparé pour assurer ta fuite,
« Et nous serons bientôt hors de toute poursuite.
« Adieu, ma chère Laure, et songe que, demain,
« Il faut qu'avant le jour nous soyons en chemin. »
— Ah ! l'imprudent ! dit Laure, il va me compromettre ;
Mais quand on s'aime ainsi l'on veut tout se permettre !
Oui, George, je serai demain au rendez-vous.
Je te suivrai partout : n'es-tu pas mon époux ?
Laure, de grand matin, se hâta de se rendre
Au lieu du rendez-vous, où George sut l'attendre.

— Est-ce toi? lui dit-il en la voyant venir.
— Oui! oui, George, c'est moi! Mais Dieu va me punir!
— Ne crains rien, lui dit-il; monte par cette échelle.
— Je ne le pourrais pas, George, car je chancelle.
— Ah! Laure, dans mes bras laisse-moi t'enlever.
Hâtons-nous! En ces lieux on pourrait nous trouver.
Tiens-toi bien à mon corps, et surtout sois sans crainte.
— Ah! George, quel bonheur! ma frayeur était feinte;
Laisse-moi de mes mains t'aider à la monter,
Je serai pour tes bras plus légère à porter.
— Je te porte aisément, ma Laure qu'on opprime,
Et lorsque de ce mur nous atteindrons la cime,
Ne t'épouvante pas, tiens-toi solidement;
Je ferai traverser l'échelle habilement.
Tu vois, nous y voilà; tu peux seule en descendre:
L'échelle est à tes pieds, descends sans plus attendre;
Je la tiens, ne crains rien; Laure, hasarde-toi,
Ou, si tu crains de choir, je te prendrai sur moi.
— Non, George; tu crois donc que je suis bien peureuse!
Vois comme j'en descends, combien je suis heureuse.
— Te voilà délivrée à jamais du couvent.
Il nous faut, maintenant, marcher comme le vent,
Et nous prendrons le train d'une machine *express*:
Lorsque l'on veut l'avoir il faut que l'on se presse.
— Mais, George, où veux-tu donc que nous portions nos pas?
— Tu le sauras bientôt, ne t'épouvante pas:
La ville où nous allons est, de toutes les villes,
La plus sûre pour nous: nous y serons tranquilles.
Le courroux de ton père alors se calmera,
Car ne nous trouvant pas il nous oubliera;
Et, quand il le faudra, nous lui ferons connaître

L'endroit où nous avons su trouver le bien-être.
Rien ne t'y manquera : je peux facilement
Gagner par mon travail pour vivre honnêtement.
Mon père est prévenu de notre heureuse fuite :
« Tu fais bien, m'a-t-il dit, sois leste et pars de suite.
« Quand vous serez tous deux en pays étranger,
« Vous n'aurez plus alors à craindre aucun danger;
« Et si tu te trouvais sans travail, sans ressource,
« Je te permets, mon fils, de songer à ma bourse. »
— Comment, George, ton père applaudit à cela?
— Certes autant que moi : toute ma ruse est là;
C'était le seul moyen qu'il me restait à prendre;
Sans ça je te perdais, c'est facile à comprendre,
Puisqu'on allait t'unir à ton cousin Clément.
Le malheureux! j'allais lui causer du tourment :
Il s'en trouve sauvé par notre heureuse adresse,
Mais il va s'alarmer et te chercher sans cesse.
Pendant que nos amants causaient de leur bonheur,
L'abbesse du couvent apprenait le malheur
Qui venait d'arriver en son saint monastère.
La sœur Laure avait fui! Que va dire son père!
Comment le prévenir de cet événement?
Car c'est affreux, dit-elle, un tel enlèvement!
Un homme a donc osé dans ce lieu s'introduire!
Quel scandale, ô mon Dieu! Comme on en va médire!
Chacun va m'accuser d'être seule l'auteur
Que la sœur Laure, hélas! va perdre son honneur.
Enfin, il faut pourtant à son père le dire!
Non, non, je ferais mal; il vaut mieux lui l'écrire.
« Monsieur, vous allez être assurément surpris
« Du malheur qu'en ces lieux j'ai, ce matin, appris :

« Votre fille n'est plus en ce saint monastère;
« J'ai trouvé de ses pas la trace en mon parterre.
« C'est par là qu'elle a fui du couvent nuitamment,
« En se prêtant beaucoup à son enlèvement.
« Hâtez-vous, il est temps, vous pouvez la surprendre.
« Nous allons prier Dieu qu'il s'aide à vous la rendre. »
Cette lettre parvint au père, le matin;
Il l'a décacheta, la parcourut soudain.
« Ah! le coquin! dit-il, où l'a-t-il emmenée?
« Ma fille à ce sans-rien serait-elle enchaînée?
« Comment les découvrir? O ciel! inspire-moi,
« Toi qui vois mon malheur et mon cruel émoi! »
Ce père désolé la fit chercher en France,
Et quand de la trouver il perdait l'espérance,
Il reçut de sa fille un écrit en ces mots:
« Mon père, je suis mère, et de deux beaux marmots.
« Si par vous je n'étais entièrement maudite,
« Veuillez, au nom du Ciel, oublier ma conduite,
« Pardonner à mon George, à Laure pour toujours,
« Pour que nous vous puissions chérir sur vos vieux jours. »
Le père en fut outré pendant une semaine,
Mais son sang lui parlait: il étouffa sa haine.
Il leur répondit donc, et leur fit à tous deux,
Tout en leur pardonnant, un sermon sérieux,
Qu'il termina bientôt en disant à sa fille:
« Reviens, amène George et toute la famille. »

## LE BUCHERON ET LE PÉDANT.

La journée achevée, un jeune bûcheron
Du fond d'une forêt rentrait en sa maison.
Un jour, qu'il travailla bien plus que d'habitude,
Ne pouvant plus marcher, tombant de lassitude,
Il jeta sa cognée au milieu du chemin,
Et, s'essuyant le front du revers de la main :
« O Ciel! se disait-il, il n'est pas sur la terre
« Un mortel plus plongé que moi dans la misère.
« J'ai pourtant sept enfants, et pas un ne pourrait
« Subsister, un instant, du travail qu'il ferait.
« Que le Ciel est injuste en donnant la fortune
« A l'homme qui, souvent, n'en nécessite aucune!
« J'en connais deux ou trois qui n'ont tous pas d'enfants,
« Dont les rentes d'un mois nous nourriraient trois ans.
« Les ont-ils su gagner? Ont-ils mieux su complaire,
« En se comportant bien, à Dieu qui nous éclaire?
« Non, non, leur probité n'a pas, certainement,
« Mieux que la mienne, enfin, marché plus droitement.
« C'est donc un sort fatal qui pour toujours m'accable!
« Je suis né malheureux, je mourrai misérable! »
— « C'est ainsi, répondit un pédant qui passait,
« Que le tiers des humains autrefois trépassait.
« Mais chacun, aujourd'hui, sait changer de système,
« Et le mortel qui souffre est bourreau de soi-même.

« On sait pourvoir à tout : le pauvre, en ce moment,
« Est nourri, bien logé, vêtu très-proprement.
« On ne veut nulle part voir mendier les hommes.
« Voilà qui fait honneur au beau siècle où nous sommes.
« C'est que dans tous les cœurs règne l'humanité :
« Le riche, alors, fait voir sa générosité;
« Car il est vraiment beau de secourir ses frères,
« De les aider souvent, d'alléger leurs misères.
« Vous vous plaignez, je crois, d'avoir beaucoup d'enfants,
« Qui, ne vous gagnant rien, vous sont embarrassants :
« Mais d'où sortez-vous donc pour ignorer qu'en France
« L'enfant du malheureux est exempt de souffrance?
« On l'élève, on l'instruit, et gratuitement ;
« Il ne sort qu'à quinze ans de l'établissement,
« Que lorsqu'il peut, enfin, être utile à son père,
« Ou choisir un état qui paraît lui complaire.
« Vous voyez donc, ami, qu'on ne peut nullement,
« Sans trop être exigeant, se plaindre en ce moment. »
Ce pédant, grand parleur, crut donc le satisfaire
En donnant un conseil qu'il croyait salutaire.
Car souvent les parleurs sont distraits sur ce point :
Ils parlent longuement lorsqu'il ne le faut point,
Répondent à chacun, et de chacun pérorent,
Deviennent hébétants, et la plupart l'ignorent.
Donc, le sensé des deux fut le bon bûcheron,
Parce qu'il sut se taire et rougir de l'affront.

## L'AVARE CORRIGÉ PAR SA FEMME.

Depuis plus de trente ans un avare entassait
Dans un endroit secret tout l'or qu'il amassait,
Et laissait, chaque jour, manquer en son ménage
Tout ce qui doit servir, dont chacun fait usage.
Aussi c'était souvent des *non* et des *comment*
Qu'ils se disaient tous deux de mécontentement.
Mais l'avare, en grondant, ordonnait le silence,
Prétendant qu'on avait de tout en abondance.
— Ma femme, disait-il, n'as-tu pas des enfants!
Faut-il tout dissiper, et, dans deux ou trois ans,
Que pourras-tu donner pour dot à tes deux filles?
Tu sais que sans argent elles sont peu gentilles :
On n'en fait point de cas, et, certes, on fait bien;
C'est qu'on n'est pas très-bien en ménage avec rien :
Tu dois le voir par nous, malgré notre ordre rare.
— J'ai toujours vu, monsieur, que vous étiez avare :
Vous me laissez manquer même de vêtement.
Tenez, Monsieur, voyez : mes pieds, en ce moment,
Sentent cependant l'air qui vient par la semelle,
Et c'est ainsi que sont les deux souliers d'Adèle.
Il faudrait s'abstenir de sortir tous les jours,
N'est-ce pas révoltant que ce soit pour toujours!
Pouvez-vous bien souffrir, avec votre fortune,
Que, pour chausser mes pieds, je vous sois importune?

Je sais que vous cachez en lieu sûr votre argent;
Et puis vous vous plaignez autant qu'un indigent.
Mais sachez donc, monsieur, que mille écus de rente
Ne se dépensent pas lorsqu'on est sans servante;
Que l'on vit, qu'on se vêt comme des maheureux,
Tandis que cette rente a tant fait des heureux!
L'avare, confondu, fut contraint de se taire,
Et tremblant pour son or qu'il entassait en terre,
Il alla sur-le-champ voir si l'on avait pris
Cet or qui pour l'avare a toujours tant de prix.
Mais sa femme, voyant qu'il sortait sans rien dire,
Le suivit pas à pas, et le vit s'introduire
(Après avoir ouvert un secret qu'il tâtait)
Dans un caveau profond où son trésor était.
Elle écoute, elle entend le son clair, métallique
De l'or qu'il conservait bien mieux qu'une relique.
— Ah! cette fois, dit-elle, ayez bien du plaisir :
Je ferme le secret que je viens de saisir.
Restez, monsieur, restez avec l'or qui vous charme;
Il ne nous fera plus répandre aucune larme.
Vous avez envers nous agi si chichement,
Que votre mort ne peut nous causer du tourment;
Car nous pourrons, au moins, avoir le nécessaire,
Nous chausser, nous vêtir comme nous devions faire,
Sans toucher à votre or que vous trouvez si beau,
Et qui, dès aujourd'hui, sera votre tombeau.
L'avare, au désespoir, priait avec instance,
Disant que ce défaut avait son importance;
Que, s'il eût dissipé cet or qu'il enterrait,
Aucun de ses enfants ne se marierait;
Mais que, dès à présent, il voulait lui remettre

Tout l'or qu'il possédait, sans n'y plus rien omettre.
Son épouse le crut et se laissa tenter;
Elle ouvrit le secret, et se fit apporter
Pår son époux cet or qui troubla le ménage.
— Le voilà, lui dit-il, faisons-en bon usage :
Nous pouvons, maintenant, manger mes revenus,
Sans que vous vous plaigniez de marcher les pieds nus.
Mon souhait est rempli : j'ai là pour mes deux filles
Quatre vingt mille francs, qui les rendront gentilles,
Lèur feront oublier quelque privation
Que je leur fis souffrir par bonne intention;
Car avec tout cet or le parti le plus riche
Ne pourra pas trouver qu'en leur dot je sois chiche.
Alors, en épousant un homme riche aussi,
Elles me béniront d'avoir su faire ainsi.
On lui donna raison, on changea de chaussure,
En contemplant cet or amassé sans usure.
Donc, cet avare avait la belle qualité
De quitter un défaut qu'aucun n'aurait quitté.

---

## LA MARCHANDE DE BEURRE, L'ANE ET LE PATISSIER.

L'Ane, comme tout homme, aime peu qu'on l'oublie;
Car, tout âne qu'il est, il tient fort à la vie.
Pardonnez-moi, lecteur, cette comparaison;

C'est que je crois que l'âne avait un peu raison.
Chargé de beurre frais, une fois par semaine,
A Vienne ce baudet arrivait avec peine.
Une lieue et demie hélas! ne se fait pas,
En moins d'une heure et quart, sans bien hâter le pas;
Et notez qu'après ça ce pauvre misérable
Éprouvait bien souvent une faim effroyable.
Un jour, que sa maîtresse avait perdu son temps
En babillant beaucoup pendant de longs instants,
Et qu'elle se hâtait de terminer de vendre
Au pâtissier Verrier (*) tout ce qu'il voulait prendre,
L'âne, pendant ce temps, à la porte attendant,
Fixait du pâtissier la montre sur le banc :
« Eh quoi! se disait-il, ma faim est sans égale;
« Toujours manger du son, bien peu je me régale!
« Ne puis-je pas manger trois ou quatre gâteaux?
« Oh! qu'ils paraissent bons! que je les trouve beaux! »
Et l'âne, au même instant, de la pâtisserie
Mange avec appétit comme en son écurie.
« Qu'ils sont bons! disait-il, quel mets délicieux!
« Quel repas confortant! Ah! qu'il m'est précieux!
« O mortel fortuné, qui manges des brioches,
« Qui possèdes de l'or, de l'argent dans tes poches,
« Né pour régner sur nous, tu ne t'abaisses pas
« A manger du sainfoin dans nul de tes repas;
« Et, puisque jusqu'à toi dans ce jour je m'élève,
« Veuille que dessus moi nul bâton ne se lève!

---

(*) Verrier, pâtissier, restait, à cette époque, dans la Grand'Rue de notre ville.

« Respecte mon repas, comme je fais du tien :
« Tu te comporteras en honnête chrétien. »
Verrier le pâtissier exauça sa prière :
Il le laissa manger pendant une heure entière.
« Eh quoi ! se disait-il, la maîtresse paiera
« Tout ce que son baudet sur mon banc mangera.
« C'est la première fois que je le lui vois faire ;
« Sa maîtresse est fort riche, il peut se satisfaire.
« Ah ! si chaque pratique en mangeait toujours tant,
« Que je serais heureux, que j'en serais content !
« En voilà trente-deux que le drôle me mange;
« Chacun s'en divertit, et nul ne le dérange. »
C'était la vérité, je me trouvais présent,
Et sûr, sans sa maîtresse il en eût mangé cent.
« Ah! vaurien, lui dit-elle, ah ! tu fais des sottises!
« Il te faut des gâteaux, des choux, des friandises!
« Je vais te châtier! » Et, soudain, le bâton
Sifflait en le frappant comme siffle un bourdon.
— Assez, lui dîmes-nous; l'âne peut-il comprendre
Que des gâteaux par lui ne doivent point se prendre?
Quand vous l'écraseriez, il ne vous rendra pas
Un seul de ces gâteaux dont il prit son repas.
Rien ne put la calmer, et nous vîmes sa bête
Recevoir d'affreux coups de bâton sur la tête,
Et je crus qu'elle allait l'assommer sur le coup,
Si l'âne, en reculant, n'eût cassé son licou.
— Eh bien ! que gagnez-vous à vouloir trop le battre :
Trois francs pouvaient suffire, au lieu qu'il en faut quatre.
Cessez, lui dîmes-nous, ce rude châtiment ;
La faim seule a rendu votre âne trop gourmand.
— Mais vous, monsieur Verrier, dit-elle avec colère,

2

Vous l'avez-vu manger et vous le laissiez faire?
Vous méritez, monsieur, que je ne paye pas
Ce qu'il a, devant vous, mangé pour son repas.
— Ah! si je l'avais vu, vous devez bien comprendre
Que je ne l'aurais pas laissé longtemps en prendre.
J'ai, comme vous, trop tard jeté sur lui les yeux,
Mais je crois qu'il n'en a mangé que trente-deux.
— Diantre! ce n'est donc rien?
— Oh! c'est trop pour un âne,
Et si je m'en doutais je veux que Dieu me damne!
Car, soit dame ou monsieur entrant pour un gâteau,
Il faut que je leur serve et du vin et de l'eau,
Tandis que ce glouton croque tout à ma porte
Sans exiger, enfin, qu'à boire je lui porte.
— Sachez que, si sans boire il aime à tant manger,
C'est qu'un âne, monsieur, craint de vous déranger.

---

## LA FEMME,
## SON ÉPOUX ET SON AMANT.

La femme a ses défauts; n'avons-nous pas les nôtres?
Tous les saints en ont eu, les saintes, les apôtres;
C'est donc pour ce motif qu'il faut lui pardonner,
Puisqu'on peut, bien souvent, à tort les lui donner.
Celle que je vous veux dépeindre en cette fable
Avait un mari bon, complaisant, très-affable,

Qui lui laissait toujours l'entière liberté
D'agir en son absence avec autorité.
Un jour que son époux était à la campagne
A chasser le lapin, sur la haute montagne,
Qui devait l'amuser pendant cinq ou six jours,
Car comme qu'on s'y plaise on s'y lasse toujours,
Du jour de son retour sa femme ayant su l'heure,
Et voulant se distraire en sa propre demeure
(D'ailleurs, ne faut-il pas que ce sexe, à son tour,
Dispose d'un moment pour qui lui fait la cour?
Puisque nous avons tous le droit de nous distraire,
La femme aussi doit donc avoir droit de le faire).
Elle avait un amant qu'elle aimait tendrement,
Et qui la courtisait très-admirablement.
Surtout quand le mari faisait quelques absences,
Pour sa belle il était rempli de prévenances :
Chaque soir il venait jouer aux dominos,
Lui portait des bonbons ou quelques fruits nouveaux;
Enfin, tous deux aimaient à se bien satisfaire :
Ce que l'un désirait à l'autre devait plaire.
— Que nous serions heureux, lui disait son amant,
Si nous pouvions nous voir continuellement!
Si votre époux pouvait prolonger son absence,
Que j'en serais content, que j'aurais de la chance!
Mais il vous aime trop pour ne pas revenir;
Oublier tant d'attraits ce serait se punir.
Vous le savez charmer, n'en doutez pas, Madame,
Vous le soignez si bien! lui-même le proclame;
J'ai souvent pu l'entendre, en lui parlant de vous,
Répondre en souriant : « Je suis heureux époux :
« Mon épouse a pour moi des qualités parfaites,

« Puisqu'à tous mes désirs elle me répond : faites. »
— Ah! flatteur, lui dit-elle, osez-vous vous moquer
Des qualités qui m'ont toujours fait remarquer.
Sachez que mon époux certainement ignore
Que depuis quelques jours sa femme vous adore;
Et si, dans ce moment, il surprenait vos pas,
Cet incident pourrait lui causer le trépas.
A la porte, soudain, trois coups se font entendre...
— C'est mon mari, dit-elle. O Ciel! quel parti prendre?
« Ouvre-moi, lui dit-il; quoiqu'il soit un peu tard,
« Tu dois mon arrivée à notre ami Bitard,
« Qui pour nous a toujours place dans sa voiture,
« Et j'ai su l'accepter, content de l'aventure. »
— Cher monsieur, lui dit-elle, Ah! nous sommes perdus!
Quelqu'un lui l'aura dit, on nous aura vendus.
— Mais je peux, lui dit-il, sauter par la fenêtre :
Le Dieu d'amour pour vous me sauvera peut-être.
— Non, non, restez, dit-elle à son fidèle amant;
On peut sortir d'ici moins périlleusement.
Les femmes savent bien, par leur rare malice,
Pour sortir d'un faux pas trouver quelque artifice.
Mon époux, maintenant, d'un œil ne voit plus rien;
Laissez-moi donc agir, et surveillez-moi bien.
— Ah! mon époux, dit-elle, en ouvrant les deux portes,
C'est trop peu de savoir si très-bien tu te portes;
Car j'étais à rêver, dormant dans un fauteuil,
Que, depuis quatre jours, tu voyais de ton œil.
Puis, lui posant soudain la main avec adresse
Sur l'œil qui pouvait seul voir l'amant, la maîtresse :
— Eh bien! lui disait-elle avec empressement,
(Pendant qu'elle éloignait d'un signe son amant)

Tu dois voir, mon ami, tu dois voir la lumière?
— Non, non, je ne vois rien que la nuit sombre, entière,
Répondait son époux très-impatienté
De faire son entrée en cette obscurité.
— Tant pis pour toi, mon cher, pour moi je m'en console.
Lorsque de son époux une femme raffole,
Trop de beauté ne peut que causer du chagrin.

Fions-nous donc, messieurs, à ce petit lutin!

---

## LES MARAUDEURS SURPRIS SUR LE POIRIER.

Le beau fruit est tentant, puisque le premier homme,
Malgré l'ordre de Dieu, voulut manger la pomme.
Hélas! il ignorait que ce fruit défendu
Pourrait outrer le Ciel, qui veut être entendu;
Mais tout homme à sa place aurait-il pu le croire?
Non, comme lui je crois qu'il eût eu ce déboire.
L'arbre dont je vous veux parler en ce moment
Était un des plus beaux de l'arrondissement:
Les poires qu'il portait étaient grosses, fondantes,
Et, tous les ans, sur l'arbre étaient très-abondantes.
Aussi les maraudeurs, l'apercevant si beau,
Remplissaient en passant leur poche et leur chapeau.
— Ah! disait l'un des deux, nous nous rendons coupables,
Et nos vols, cependant, sont peu considérables.
Il vaudrait beaucoup mieux, puisque nous faisons tant,

En remplir ce grand sac, et sans perdre un instant.
Qu'en dis-tu, mon ami?
— Je dis qu'il le faut faire :
Ce sera pour nous deux une très-bonne affaire.
Hâtons-nous, montons-y, ne nous amusons pas,
Car le maître en ces lieux pourrait porter ses pas.
Ce beau fruit, étant mûr, doit donner à comprendre
Qu'en le venant cueillir on pourrait nous surprendre.
Ces jeunes maraudeurs avec empressement
Parviennent à remplir leur sac entièrement.
Mais, lorsque du poirier ils crurent de descendre
Pour emporter les fruits qu'ils espéraient de vendre,
Ils virent tout à coup venir sur son baudet
Le maître qui, sous l'arbre, en chantant se rendait.
— Ah! dit l'un des fripons, il faut, pour nous soustraire,
Avant qu'il soit ici, sauter tous deux à terre.
— Non, nous ferions très-mal : laissons-le ici venir;
Quelque inspiration pourra nous survenir.
Dès que sous le poirier fut arrivé le maître,
Il descendit de l'âne, espérant de se mettre
A cueillir promptement les fruits de son poirier;
Mais l'un des maraudeurs laissant choir son soulier,
Le maître put les voir à travers le feuillage.
« Ah voleurs! leur dit-il, de quel droit ce pillage?
« Infâmes maraudeurs! Attendez un moment :
« Je vous vais appliquer un rude châtiment. »
Et pendant qu'il cherchait, en regardant à terre,
A découvrir enfin des cailloux, une pierre,
L'un de ces maraudeurs, sur l'âne adroitement
Tombe à califourchon, et s'enfuit promptement;
Et l'âne, épouvanté des jurons de son maître,

Du poids inattendu qu'il ne peut reconnaître,
Craignant de recevoir une correction,
De fuir au plus grand trot a la précaution ;
Et le maître, craignant de perdre aussi son âne,
Les suit en brandissant dans sa main une canne.
Le chemin sur lequel galopait le baudet
Était étroit partout, et partout demandait,
Lorsqu'on s'y rencontrait, d'agir avec prudence ;
Mais le voleur à fuir mettait de vigilance,
Puisqu'à dix pas de lui, quoiqu'il pût voir venir
Un âne chargé d'œufs, il n'osa retenir
Le trot de son baudet qu'il poussait avec rage,
Et qui culbuta l'autre en cet étroit passage ;
Et les œufs, qui faisaient son entier chargement,
Furent au même instant brisés totalement.
« Ah ! l'imprudent ! lui dit le coquetier colère ;
« Vous allez me payer le mal qu'il vient de faire ;
« Car en ces lieux, monsieur, vous ne l'ignorez pas,
« On doit avec son âne aller à petits pas. »
Pendant qu'à le saisir le coquetier s'empresse,
Le maître du poirier voit cesser sa détresse :
« Ah ! dit-il, je te tiens ! Tu ne peux m'échapper ! »
— Que vous a-t-il donc fait pour le vouloir frapper?
Lui dit le coquetier, dont passait la colère.
— Il me volait mon âne ! Ah le gueux ! le sicaire !
Après m'avoir volé les fruits de mon poirier,
Ce maraud se sauvait leste comme un courrier.
— Quoi ! c'est donc un voleur ! Nous t'allons, misérable,
Rosser pour les méfaits dont il te dit coupable;
Et ces hommes outrés fustigent ce fripon
L'un à grands coups de jonc, l'autre à coups de bâton.

Mais le voleur surpris a le bonheur suprême
De se soustraire encore à ce péril extrême,
D'enfourcher en courant, de rechef, le baudet,
Qui, quelques pas plus loin, tristement l'attendait,
Et parvenir, enfin, par cette habile fuite,
A se soustraire encore à leur regard de suite.
— Eh bien! qu'en pensez-vous? lui dit le coquetier,
A-t-il su disparaître en prenant ce sentier?
Vous ne l'atteindrez pas, ce fripon est très-leste.
— Le vol qu'il me fait-là lui doit être funeste:
Mon bel âne est connu dans l'arrondissement;
Sa taille et sa grosseur se voient très-rarement.
Ah! grand Dieu! si j'avais cinquante ans de moins d'âge,
De l'atteindre en courant serait un badinage.
Mais, vous qui souriez, qui va payer vos œufs?
Je n'en vois point d'entier se montrer à mes yeux.
Quel énorme dégât il vient là de vous faire!
Vous perdez plus que moi dans cette triste affaire:
Je suis sûr, tôt ou tard, de trouver mon baudet;
Je le louais souvent à qui le demandait,
Et cela seul, mon cher, doit vous faire comprendre
Que ce voleur par moi bientôt se fera prendre.
Deux ou trois jours après, un ami du vieillard
Ayant vu le baudet conduit par le pillard,
lui dit: — J'ai vu votre âne en le plus près village:
Vous l'avez donc vendu dans la force de l'âge?
— Mais non, c'est un fripon qui me l'a su voler;
Pourriez-vous m'y mener? Pourrais-je lui parler?
— Oui, oui, cela se peut, je connais sa demeure;
Nous pouvons nous y rendre en une petite heure.
— Eh bien! allons-y donc, et prenons en passant

Un agent de police adroit et complaisant;
Car, sans lui, ce maraud ne voudrait point me rendre
L'âne qu'il m'a volé, que je lui veux reprendre.
Tous les trois au village arrivèrent bientôt,
Après avoir gravi le plus raide coteau.
« Voilà bien sa maison, leur dit leur cicerone :
« La porte est toute ouverte, on n'aperçoit personne.
« Holà! hé! criait-il, qu'on vienne promptement!
Le voleur se montra, saisi d'étonnement.
— Vous êtes accusé, lui dit le commissaire,
D'avoir volé du fruit à ce sexagénaire,
D'avoir également, pour vous pouvoir sauver,
Enlevé son baudet.
— Qui peut vous le prouver?
L'âne que j'ai chez moi me vient de mon grand-père :
Il m'en a laissé deux, mais j'ai vendu son frère.
— Il ment, dit le vieillard, qu'il nous le fasse voir!
— Je l'ai prêté, dit-il. Mais, pour le décevoir,
L'âne, en chantant très-fort, près d'eux se fait entendre.
— Quel piége, dit l'agent, l'âne vient de lui tendre!
— Non, reprit le voleur : on me l'aura rendu
Au moment où je suis au caveau descendu.
— Eh bien! dit le vieillard, monsieur le commissaire,
Je vous vais éclaircir cette petite affaire.
Puis, saisissant son âne, il le mène soudain
A quelques pas de là, dans un petit jardin;
Puis il dit au voleur, qui tremblait d'épouvante :
« Puisque l'âne est à toi, que tu veux que je mente,
« Fais-le donc approcher à ton commandement!
« S'il vient, je te le donne avec empressement. »
Le voleur l'appela, mais l'âne, à sa parole,

N'avança nullement, fit condamner le drôle.
A mon tour, dit le vieux : « Viens, mon mal étrillé!
Et l'âne, au même instant, vers son maître est allé.
« Fripon! dit le vieillard, pour te mieux faire pendre
« Mon âne m'obéit, chante, se fait entendre.
« C'est le Ciel qui l'ordonne : il le faut, mes amis,
« Car l'honnête homme, enfin, se verrait compromis. »

---

## LA BROUILLE DANS LE MÉNAGE.

Je ne puis plus longtemps habiter avec toi,
J'y sens trop, chaque jour, augmenter mon émoi :
Tu n'es jamais content de ce que je puis faire,
Et je ne sais vraiment comment te satisfaire.
Un jour, c'est le dîner qui n'est pas à ton goût,
La soupe n'est pas bonne, ainsi que le ragout.
Rien de ce que je fais ne peut t'être agréable.
Oh! comme tu deviens pour moi déraisonnable!
— Mais c'est la vérité : tu ne fais rien de bien,
Et je vois maintenant que tu n'es bonne à rien.
Oh! que j'ai du malheur de t'avoir pour épouse!
Dans quel affreux destin ta paresse nous pousse!
Que je serais heureux si je ne t'avais pas,
Et comme je prendrais de bien meilleurs repas!
Car, soit dit entre nous, quand parfois je me fâche,
Ai-je le moindre tort? N'es-tu pas une vache?

Jète donc un regard en notre appartement :
Peut-il être tenu par toi plus gauchement?
Y vois-tu quelque part un objet à sa place,
Et qui ne soit couvert de poussière et de crasse?
Dois-je le nettoyer? Souffriras-tu toujours
Que je range à tes yeux tes nippes tous les jours!
Où faudra-t-il, enfin, pour pouvoir nous entendre
(Et je crois bien, morbleu ! que tu l'oses prétendre),
Que je donne à madame une fille, un valet,
Pour faire son travail, son chocolat au lait?
Pour que, chaque matin, nous trouvions sur la table
Un déjeûner servi, bien sucré, confortable?
Pour que madame, enfin, n'ait plus à s'occuper
Que d'elle et ce qu'il faut pour dîner et souper?
— Oui, tu ferais très-bien, lui répondit sa femme;
Pour te rendre content, de toi je le réclame.
Tout serait, en ces lieux, tenu plus proprement :
Je ferais au valet cirer l'appartement,
Nettoyer tes habits et décrotter tes bottes ;
Il te remplacerait quand parfois tu ribottes.
Voilà ton grand défaut, tu ne l'ignores pas ;
Il fait notre malheur et nos maigres repas.
Lorsque tu perds ton temps avec tes camarades,
A jouer, à manger, à boire des rasades,
Tout cet argent perdu pourrait assurément
Nous procurer à tous un meilleur aliment.
— Tais-toi, vache, tais-toi, cesse de me répondre,
Et ne t'arroge pas le droit de me confondre.
Ah! quelle autorité! Je voudrais bien savoir
Qui de nous deux, enfin, garde ici le pouvoir!
Je te trouve plaisante, ainsi que ta morale.

N'y retourne jamais, ou sur-le-champ détale !
— Ah ! je n'en doutais pas ! toujours la vérité
T'a, quand je te l'ai dite, un peu mécontenté.
Il faut être muette, écouter en silence
Et tes mauvais propos, ton ignoble insolence ;
Il faut se donner tort lorsque l'on a raison,
Et cela dure, enfin, trois mois de la saison.
Ah messieurs les maris ! vous croyez donc prétendre
Que l'on doit tout souffrir sans oser se défendre !
Que, parce qu'on n'a pas la force comme vous,
L'on doit vous obéir ou tomber sous vos coups !
— Ah ! désabuse-toi. J'entends, en mon ménage,
Lorsque j'aurai raison ne souffrir nul outrage.
— Entendez-la parler ! J'ai tort assurément :
C'est moi qui suis chargé de notre appartement ;
Il faut que ce soit moi qui ferme tes guenilles,
Qui fasse le dîner et surveille nos filles.
Me faudra-t-il aussi rapiécer ton jupon,
Laver notre vaisselle, endormir le poupon ?
Pourrai-je, en te servant, épouse fainéante,
Gagner pour te nourrir, te tenir élégante ?
Et, puisqu'il faut ici te dire tes défauts,
Car j'en découvre en toi tous les jours de nouveaux :
Ta robe de satin était-elle accrochée,
Lorsque, deux jours après, tes filles l'ont tachée ?
Penses-tu que j'ignore où tu pris le satin
Que ta tailleuse vint y placer un matin ?
« Ce n'est rien, tu te dis, la largeur d'une robe ;
« C'est un petit malheur qu'à l'époux on dérobe. »
Et tant d'autres, enfin, que je ne connais pas !
Peut-il m'être permis d'épier tous tes pas ?

Ah! si je pouvais voir de bien près tes sottises,
Ta maladresse en tout, et tes fainéantises....
Qu'il me faudrait du temps pour les énumérer!
Mais ce sont des défauts que je veux ignorer;
Si je les connaissais ils pourraient me contraindre
A te fustiger fort au lieu de tant me plaindre.
— Oui, je te le conseille!
— Et cela m'est permis!
— C'est donc les jours heureux que tu m'avais promis,
Lorsque, pour m'engager à devenir ta femme,
Tu juras de m'aimer d'une constante flamme?
— Mais, vache, j'ignorais que je m'attraperais.
— Certainement, et moi que je me tromperais;
Car lorsque je t'ai pris je croyais vivre heureuse;
Ta parole, en ce temps, était douce est flatteuse;
Tandis que, maintenant, tu n'es plus qu'un brutal
Qui me fais présager un avenir fatal.
— Je ne suis qu'un brutal! Ose-donc le redire!
— C'est une vérité qu'on ne peut contredire.
— Mais, dis-moi, ce soufflet peut-il t'être appliqué?
— Oui, mais en même temps vois si je t'ai manqué.
Elle venait enfin, dans un transport de rage,
De jeter à son homme un potage au fromage;
Et son époux, outré d'un pareil traitement,
Se sentant échauder le corps si brusquement,
Se mit à la frapper d'une manière horrible.
Mais, pour faire cesser ce traitement terrible,
Son épouse outragée appela du secours,
Et son plus près voisin vint lui sauver ses jours.
— Ah! monsieur, lui dit-elle, on saura sa conduite;
A le quitter bientôt je vais être réduite.

— Oui ! pars sans plus tarder, et ne reviens jamais.
— Eh bien oui ! je te hais autant que je t'aimais.
Elle fit ses paquets, les mit dans une malle,
Et sut fuir son époux comme l'on fuit la gâle,
— Que vous êtes heureux, dit l'époux au voisin.
Restez toujours garçon : c'est un bien beau destin;
Et si plus tard, enfin, vous prenez une épouse,
Surveillez qu'elle soit et gentille et jalouse.
Mais, pour être tous deux sûrs de vivre contents,
Avant de vous unir courtisez-vous longtemps.

---

## ÉLOGE DE MONSIEUR PONSARD.

Que j'aime à me tromper lorsque je cherche un livre,
Combien je suis heureux, que ce plaisir m'enivre,
Si, quand je crois tenir les œuvres de Ronsard,
Je me vois dans les mains l'*Ulysse* de Ponsard !
Ah ! quel plaisir j'éprouve à m'en faire lecture !
Que ses vers sont coulants, d'une unique césure !
Que sa rime est sublime et tombe richement !
Que son style est brillant, qu'il parle noblement !
Sa *Lucrèce,* surtout, est vraiment admirable.
Non, rien depuis longtemps n'a paru de semblable.
Que l'on aime à relire un ouvrage aussi beau !
On éprouve toujours un vrai charme nouveau.
Oui le Ciel, ô Ponsard ! quand vous fîtes *Lucrèce,*

Vous donna de Corneille et l'esprit et l'adresse!
Il fit renaître en vous cet immortel savant,
Dont il veut qu'aujourd'hui l'on parle si souvent;
Il a, comme Virgile, une immortelle gloire,
Qui ne s'éteint jamais au temple de Mémoire.
Elle survit à tout : aux révolutions,
A la guerre, à la paix, et même aux nations.
Rien ne peut effacer le nom d'un homme illustre;
Il renaîtra toujours avec un nouveau lustre.
Quoiqu'un célèbre auteur dise de toute part
Que, pour la tragédie, il faut des vers sans art,
Je n'admets nullement sa nouvelle méthode,
Et je lui prouverai que la meilleure mode
Est celle que suivaient les bons prédécesseurs,
Qui, j'ose l'espérer, auront des successeurs;
Car Corneille et Racine ont créé des modèles,
Où l'on trouve aujourd'hui les pièces les plus belles.
Il me reste à parler du poëte Pradon,
Qui, du temps de Racine, eut le sublime don
De se voir préférer à ce fameux poëte
Pour une pièce en vers qu'ils avaient tous deux faite;
Qui rendit au public Pradon si précieux,
Qu'il l'aurait élevé, s'il l'eût pu, jusqu'aux cieux.
Jugeant parfois très-mal du talent le mérite,
Il était ébloui lorsque l'acteur récite
Des vers; bien ou mal faits, cela lui suffisait,
Et sans les écouter il les applaudissait.
Cela fut en tout temps : la foule du parterre
Applaudirait Pradon pour décrier Voltaire!
Mais quoiqu'en ce temps-là Pradon plut par ses vers,
Comme Racine est-il lu dans tout l'univers?

Comme nous dit Boileau, dont la plume énergique
Nous a tracé des vers avec tant de logique :
« Pradon, comme un soleil, a paru dans nos ans. »
Mais je puis aussi dire avec autant de sens,
Que toujours le soleil brillera dans l'espace
Comme un livre en nos mains dont chacun ne se passe.

---

## L'ÉDIT DES TRIUMVIRS,
## OU LES VENGEURS DE CÉSAR.

Pour subvenir aux frais d'une terrible guerre,
Qu'aux nombreux conjurés trois Romains voulaient faire,
Ils osèrent proscrire en l'Empire romain
Les plus riches bourgeois pour se faire un butin.
L'édit fut affiché dans la ville de Rome,
Et cette ville, enfin, que chaque auteur renomme,
Éprouva si longtemps une telle terreur,
Qu'un quart des habitants en mourut de frayeur.
Chacun craignait de voir, en lisant cette affiche,
Le nom de son ami ; de quiconque était riche
La tête était à prix, et l'on voyait soudain
Des soldats furieux, les armes à la main,
Envahir brusquement le riche domicile
D'un proscrit, qui toujours fut à leurs lois docile.
Que de sublimes traits cet effroyable édit

A fait naître dans Rome en ce moment maudit!
L'esclave, en souriant, sacrifiait sa vie;
Ni l'or, ni les bijoux ne lui faisaient envie :
Il prenait les habits de son maître proscrit,
Et s'arrogeait son nom d'un air noble et contrit;
Et les soldats contents égorgeaient sans connaître
Cet esclave immortel qui mourait pour son maître,
Qui, pendant ce temps-là, lui prenait ses habits,
Fuyait secrètement en de lointains pays,
En singeant avec art la voix et la tournure
De ce noble mortel qu'on vend avec usure,
Comme on vendrait, enfin, des vaches, des dindons.
O mortels! et c'est nous, c'est nous qui nous vendons!
Mais le Ciel sera juste, et l'esclave qu'on aime
Aura sa liberté : voilà le bien suprême
Dont les enfants d'Adam doivent partout jouir;
Car sans elle plus rien ne peut nous réjouir.

---

## LE VIEUX PASTEUR, SES SERVANTES ET SON ANE (*).

Pour ne point se lasser en allant jusqu'à Nantes,
Un Curé très-âgé, suivi de ses servantes,

---

(*) Ce récit me fut fait, il y a bientôt vingt ans, par un voyageur qui était présent à toutes ces scènes.

Montait sur son baudet, et très-commodément
Cet auguste prélat venait plus promptement,
Pouvait voir ses amis sans crotter sa toilette,
Et s'occuper après à faire quelque emplette.
Un Curé de village est toujours obligé
D'aller rendre visite au haut chef du clergé;
Mais cette absence, enfin, n'a lieu qu'après sa messe :
Rien n'en souffre pour ça, car voilà sa promesse :
« Dis-leur, si quelqu'un vient, dit-il au sacristain,
« Que je pense être ici demain de grand matin;
« Nul malade en ces lieux n'exige ma présence :
« Celui qui craint le plus est en convalescence. »
Et monsieur le Curé, comptant sur l'avenir,
Part dessus son baudet pour vite revenir.
Un jour qu'il revenait de la ville de Nantes,
Assis sur son baudet, suivi de ses servantes,
Me trouvant obligé d'aller dans son hameau,
Je gravis près de lui lentement le coteau.
L'âne portait encore, outre son bon vieux maître,
Un paquet peu pesant, qu'on venait de lui mettre,
Lorsqu'un instant après je le vis s'arrêter,
Refuser d'avancer, s'y paraître entêter.
— Allons, frappe-le donc, dit-il à la servante;
Tu sais bien comme il est : tout objet l'épouvante.
— Je n'ose pas, monsieur, attendez un moment,
Le passage est étroit, agissons prudemment;
Ce bûcheron qui vient sous son énorme charge
Ne nous permettrait pas d'avoir assez du large.
Nous avons près de nous un très-large fossé,
Croyez qu'en un instant cet homme aura passé.
C'était réellement un bien étroit passage;

Elle faisait très-bien d'être prudente et sage;
Mais après que cet homme eut passé près de nous,
L'âne, n'avançant point, se vit cribler de coups.
Mais un plus grand malheur pour cet âne allait naître,
Qui devait être aussi très-fatal à son maître,
Car soudain, au moment que son âne trottait,
Je vis de près fumer le paquet qu'il portait.
Ce vieux prélat avait, en faisant ses emplettes,
Fait sa provision de paquets d'allumettes,
Qui, malheureusement, près de lui s'allumant,
Du feu firent sentir à l'âne l'élément.
Oh non! je ne crois pas avoir vu de ma vie
Galoper un baudet avec plus de furie;
Il n'avait peur de rien, était si fort lancé,
Qu'il renversa son maître en un profond fossé.
Après s'être tenu longtemps à la croupière,
Je le vis la lâcher et tomber en arrière.
Ses servantes, alors, accourent promptement,
L'en tirent en tremblant, et calment son tourment;
Mais je pus remarquer que la vieille servante
Tremblait en s'approchant, se mourait d'épouvante;
Mais, enfin, le fossé d'où sortait le Curé
Était heureusement parfaitement curé;
Et ce digne pasteur eut le bonheur étrange
D'y sentir, en tombant, plus d'herbe que de fange.
— Ah! monsieur le Curé, vous êtes-vous fait mal
En tombant de dessus ce maudit animal?
— Ah! lui répondit-il, tu fus bien maladroite
Quand tu mis près de moi ce paquet sur ma droite:
Une allumette, enfin, peut seule, en s'enflammant,
Causer un incendie, ou cet événement.

Oserai-je rentrer dedans mon presbytère,
Couvert, comme je suis, de poussière et de terre?
Que vont penser de moi tous ceux qui me vont voir?
Malheureuse! pourquoi ne sais-tu rien prévoir?
Songes-tu bien au mal que mon âne peut faire?
Qu'il doit souffrir, mon Dieu! Quelle effrayante affaire!
Si mon paquet, sur lui, se consume en entier,
Il va tomber mourant au bout de ce sentier.
Mais, que vois-je passer là-bas près de ce pâtre?
N'est-ce pas un marchand de figures de plâtre?
O mon Dieu! qu'ai-je vu! l'âne l'a renversé
En passant au galop sur le bord du fossé.
O grand Dieu! que voilà de tristes aventures!
Cet homme a dû casser ses nombreuses figures.
— Oui, monsieur le Curé, tous les débris épars
Du pâtre et du marchand attirent les regards;
Il en pleure, monsieur, et près de nous s'approche:
— De mon âne il me vient faire quelque reproche.
Calmez-vous, mon ami, lui dit ce bon Curé:
Le malheur n'est pas grand, il est trop déploré.
— Vous le croyez, monsieur; c'est toute ma fortune.
Je me vois sans argent, sans espérance aucune;
Mes *Jésus* sont perdus, le célèbre Jean Bart,
Turenne et Duguesclin, le chevalier Bayard,
Que j'avais su, monsieur, mouler d'après nature;
Chacun le contemplait, admirait sa stature.
J'avais trois saints François, de jolis perroquets,
Des corbeilles de fruits et de nombreux bouquets.
Tout est brisé, monsieur: les chevilles, la planche,
Et moi-même en tombant me suis meurtri la hanche.
Quelle perte je fais dans cet affreux malheur!

— Et quel est, mon ami, de tout ça la valeur?
Le plâtre n'a jamais été bien cher en somme;
Donc, ça ne peut, je crois, faire une grosse somme.
— Non, monsieur le Curé, ça valait trente francs.
— Les voici, mon ami.
— Cher monsieur, je les prends.
Le Ciel vous les rendra; vous me rendez la vie.
Ah! monsieur le Curé, je vous en remercie.
Et le marchand surpris, redevenu content,
Le salua longtemps et partit en boitant.
— Tu vois, dit le Curé, que ton inadvertance
Cause à chacun de nous une horrible souffrance.
Ces allumettes-là craignent de s'allumer :
Cet accident, hélas! vient de le confirmer.
Dieu veuille que ce soit la seule catastrophe,
Car je crois n'avoir plus de l'argent dans ma poche.
— Ah! monsieur, que longtemps je vais les détester,
Et comme, à l'avenir, je saurai les porter!
Mais pendant que chacun s'approche du village,
Le cœur triste et l'effroi peint dessus le visage,
On entend tout à coup au loin crier : « au feu! »
Chacun court pour l'éteindre, on fait tout ce qu'on peut.
L'âne avait, en entrant dedans son écurie,
Allumé promptement cet horrible incendie.
On parvint cependant, une bonne heure après,
A l'éteindre partout avec un grand succès.
Le sacristain venait d'y jeter l'eau bénite;
Les uns vidaient leur seau, les autres leur marmite;
Car chacun sait, enfin, que sur le haut coteau
On y voit rarement abondamment de l'eau,
Et que l'on doit surtout, lorsqu'un feu s'y déclare,

De l'eau qu'on peut avoir ne point paraître avare.
« Ah ! mes charmants enfants, leur dit le vieux pasteur,
« De ce sinistre affreux ma servante est l'auteur ;
« Mais Dieu nous aime, enfin, puisqu'il l'a fait éteindre,
« Que l'église est sauvée et n'a plus rien à craindre.
« Allons tous le prier au pied de notre autel,
« Admirer, honorer son pouvoir immortel. »

---

## CÉSAR ET VIRGINIE,
## OU LES BANDITS DÉTRUITS.

Entends-tu, Virginie, au loin gronder l'orage?
Vois-tu, sur ce coteau, ce gros et noir nuage,
Qui, dans quelques instants, va vomir à nos yeux
De la grêle et de pluie, et des éclairs affreux ?
Vois ce premier éclair sillonner l'atmosphère,
Qui semble mettre en feu ce pays solitaire ;
Et le tonnerre, enfin, qui gronde doucement
Pour tomber avec bruit dans un petit moment.
Nous serons au village en une petite heure.
Si d'un mortel, au moins, nous voyions la demeure,
Nous laisserions passer cet affreux mauvais temps,
En nous y réchauffant pendant quelques instants.
— J'ai peur, César, je crains qu'au bas de cette gorge
Notre cheval s'effraie, et que l'on nous égorge.

Tu sais que cet endroit est toujours dangereux,
Qu'on y commet des vols et des crimes affreux.
Ah! nous ne devions pas si tard nous mettre en route.
Pourquoi ne crains-tu point ce que chacun redoute?
— Ne suis-je pas armé? Ne t'épouvante pas :
Personne à ce temps-là n'ose épier nos pas.
D'ailleurs, nous atteignons le plus mauvais passage,
Et, dans quelques instants, nous verrons le village.
La nuit vient de tomber, ne redoute donc rien :
Les brigands soupent tous, et, certes, ils font bien.
César n'avait point peur, il était vraiment brave;
A son âge il est vrai qu'il n'est rien qu'on ne brave.
Cependant on avait, pendant plus de vingt fois,
Égorgé, dépouillé les passants dans ce bois.
La justice partout avait donné des ordres
Pour que l'on fît cesser promptement ces désordres.
On poursuivait la bande, et l'on ne pouvait pas
Découvrir en nul lieu la trace de ses pas.
Toute recherche était toujours infructueuse,
Et cependant la bande était vraiment nombreuse.
Mais en France, à présent, rien ne se peut cacher :
Notre belle police y sait tout dénicher;
Son œil intelligent en tout lieu fait renaître
L'ordre et la sûreté que l'on vit disparaître.
Que d'immenses progrès se font depuis ce temps,
En plus d'un demi-siècle, à peine soixante ans;
Que des inventions sublimes, ravissantes,
Nous charment chaque jour, nous semblent étonnantes!
Le gaz et la vapeur, et l'électricité
Portent leurs inventeurs à l'immortalité.
Le beau nom d'Arago, de plusieurs autres hommes,

Seront souvent cités dans le siècle où nous sommes.
Dans mille ans, en tous lieux, lorsqu'on en parlera,
Celui d'Arago seul toujours les ravira.
Mais en parlant de lui je pense que j'oublie
Le héros de ma fable avec sa Virginie.
Nous les avons laissés dans le mauvais chemin,
César s'encourageant, les guides à la main :
Lorsqu'à trois pas de lui soudain il voit un homme
Qui saisit une guide, effrontément le somme
De lui mettre en ses mains ses bijoux, son argent :
« J'en ai, dit le brigand, un besoin bien urgent;
« Ne me forcez donc pas à vous ôter la vie,
« Car votre bourse seule est tout ce que j'envie. »
César, sans s'étonner, lâche à ce garnement
Un coup de pistolet, l'atteint adroitement,
Et le voleur, tombant la poitrine percée,
Par le cabriolet a la tête écrasée.
Mais le danger naissait et menaçait César;
Rien ne le pouvait plus sauver que le hasard.
Aussi, tirant à lui sa chère Virginie :
« Couche-toi, lui dit-il, je réponds de ta vie. »
Deux coups de feu sur eux partent au même instant :
César n'est point atteint, la victoire l'attend;
Il lâche un second coup, a le bonheur suprême
D'en tuer deux encore en ce danger extrême.
Les voleurs se trouvant l'un par l'autre effacés
Se voient mortellement l'un et l'autre blessés.
Mais alors, au milieu de ce champ de carnage,
Le dernier des bandits se montre plein de rage,
Dirige sur César un coup de pistolet
Qui perce à ce héros son habit au collet;

Et le bandit, surpris de sa mésaventure,
Ne veut, pour se venger, qu'arrêter la voiture.
Un combat corps à corps allait donc s'engager,
Qui, certes, n'était pas pour César sans danger,
Car le hardi bandit n'avait plus que l'envie
De ravir à César et la bourse et la vie.
Mais César le comprit, et, pour mieux l'affronter,
Il s'arma d'un poignard, à terre sut sauter,
Et, d'une agilité, d'une force étonnante,
Il l'en frappa trois fois sans aucune épouvante,
Et le bandit, tombant blessé mortellement,
Le menaça longtemps en mourant lentement.
— Tu n'aurais pu, lui dit ce terrible sicaire,
Échapper à mes coups, me renverser à terre,
Si tu ne m'avais pas surpris traîtreusement.
— Mérites-tu de moi nul avertissement?
Lui répondit César : lorsque l'on assassine
On doit bientôt sentir la justice divine :
Le Ciel m'a protégé, puisque je vous vois tous
Expirer à mes yeux sous mes terribles coups.
Puis, lui tournant le dos, il monte en sa voiture,
Et donne à son cheval une nouvelle allure,
Parvient habilement à s'enfuir de ces lieux,
Où pendant un instant il fut chéri des cieux.
Mais lorsqu'il veut s'asseoir près de sa Virginie
Sur le coussin moelleux, il la croit voir sans vie;
Il l'appelle, il la prend, en criant, en ses bras :
« Virginie! entends-moi! Tu ne me réponds pas!
« Moi qui partais content, heureux de ma victoire,
« Il faut donc que ta mort me donne un tel déboire!
« Malheureux que je suis! Pourrais-je être content

« Quand je perds au combat celle que j'aimais tant ! »
Mais Virginie, enfin, n'étant qu'évanouie,
La voix de son époux la rappelle à la vie,
Et tous les deux, alors, d'un même empressement
S'embrassent tour à tour avec contentement.
— Quoi ! César, tu survis à ces combats horribles !
Cependant ces brigands paraissaient bien terribles !
— Aucun ne m'a touché ; je suis resté vainqueur!
— Ah ! César, ce bonheur fait palpiter mon cœur.
Nous voilà donc sauvés, échappés du carnage,
Et sur le point, enfin, de rentrer au village.
Le jour après ce fait, et de très-grand matin,
On leva quatre corps gisant sur le chemin,
Et le vaillant César reçut une médaille
Pour les avoir détruits seul en cette bataille ;
Car de tous ces bandits le terrible trépas
Fit que leurs affidés ne reparurent pas.
Aussi, depuis ce jour, on passe en cette gorge
Sans s'y voir arrêter, et sans qu'on vous égorge.

---

## LE BERGER, LA BERGÈRE, LES LOUPS ET L'OURSE.

Être toujours soigneux est un point important,
Et je vous vais, lecteur, le prouver à l'instant.

Non loin de leurs troupeaux le berger, la bergère,
D'amour s'entretenant depuis une heure entière,
Ne s'aperçurent pas qu'au milieu d'un troupeau
Le loup furtivement avait pris un agneau,
Et l'avait emporté, comptant que dans son antre
Il pourrait, sans témoin, le mettre dans son ventre.
Mais pendant qu'il fuyait survint un autre loup,
Qui sur les pas de l'autre apparut tout à coup.
— Mon cher, dit l'arrivant, je te vois avec joie,
Car je pense avec toi de dévorer ta proie;
Nous devons, entre loups, au lieu de s'irriter,
Quand nous nous rencontrons de bon cœur nous traiter.
Plus tard je puis te rendre un service semblable:
Tu sais bien qu'à chasser je suis très-redoutable.
— Ce serait, mon ami, perdre un temps précieux
Pour prendre un seul repas, quoique délicieux;
Tu peux, dans le troupeau d'où je viens de la prendre,
En aller chercher une, et sans t'y voir surprendre.
Je sais que les bergers folâtrent à l'écart,
Oublient leurs troupeaux, n'y portent nul regard.
Hâte-toi, si tu veux faire une bonne chère:
C'est l'heure où le berger va quitter sa bergère.
Le loup sur les troupeaux fondit en un instant,
Sut s'y choisir sa proie, et repartit content.
Mais pendant qu'il suivait son confrère à la course,
Il eut le déplaisir de rencontrer une ourse,
Qui, se trouvant d'avoir une incroyable faim,
Fondit dessus le loup, lui barra le chemin,
Et les happant alors l'un et l'autre avec rage,
Elle en fit sur-le-champ un horrible carnage.
Pendant qu'elle tuait le loup et le mouton,

Près d'elle s'avançait le garde du canton,
Qui, dès qu'il l'aperçut, eut l'extrême prudence
De s'éloigner de l'ourse en faisant diligence.
Le garde était pourtant parfaitement armé ;
Mais tout autre que lui s'en serait alarmé,
Car le meilleur chasseur, lorsqu'il rencontre une ourse,
N'a plus qu'un seul désir : c'est de fuir à la course,
Sachant parfaitement qu'une ourse peut toujours
Jouer à tout chasseur le plus sanglant des tours.
Le lion, selon moi, quoique plus redoutable,
Serait à rencontrer bien moins épouvantable ;
Il respecte mieux l'homme, et n'ose l'attaquer
Que lorsque l'homme l'ose un peu trop provoquer ;
Mais une ourse affamée hélas ! ne craint personne ;
On peut la comparer à la jeune lionne
A laquelle on a pris ses jeunes lionceaux :
Elle est aussi féroce et fait d'horribles maux.
Le garde épouvanté rentra dans le village,
Fatigué de courir, et tout le corps en nage,
Criant comme un perdu, d'une tonnante voix :
« A l'ourse ! A l'ourse ! A l'ourse ! Elle est dans votre bois. »
Chacun s'arme en courant ; on s'assemble, on s'appelle ;
Tout le village entier s'y transporte avec zèle ;
On envahit le bois, on y fouille partout,
Et l'on finit enfin par trouver l'autre loup.
Le féroce croquait l'agneau qu'il sut leur prendre,
Ignorant que bientôt on l'y viendrait surprendre.
On le cerne, on le tue, et plusieurs habitants
Viennent le regarder pendant quelques instants :
« Ah ! dit un villageois, quelle méchante bête !
« Elle a mangé l'agneau, n'a laissé que la tête !

« C'est le mien, dit le maire en élevant la voix.
« Ah! bergers peu soigneux, je vous prends cette fois;
« Vous laissez vos troupeaux pour courir sur l'herbette,
« Y folâtrer, danser, chanter la chansonnette.
« Vous me paierez, marauds, le mal qu'ils auront fait :
« Ce moyen seul sur vous produira bon effet.
« Chaque mois je perdais, par votre négligence,
« Un mouton, un agneau. J'en tirerai vengeance. »
Mais pendant qu'on cherchait l'ourse de toute part,
Et qu'au courroux du maire on allait prendre part,
Les deux jeunes bergers voient enfin le dommage,
Et l'alarme qu'on donne en tout le voisinage.
— Claire, dit Sébastien, tout est perdu pour nous :
De notre maître, ici, je crois voir le courroux.
Qu'allons-nous alléguer? Réponds, ma chère Claire,
Pour nous pouvoir couvrir, et calmer sa colère?
Entends-tu comme au loin on crie : « A l'ourse! Au loup! »
Vois-tu comme en ce bois on accourt de partout?
Mais que vois-je, là-bas, poursuivre dans sa course?
Claire, regarde donc?
— Sébastien, c'est une ourse :
Elle emporte en courant notre plus gros mouton.
— Ah! lui dit Sébastien, que n'ai-je un mousqueton!
Ah! si c'était un loup... Je sens à mon courage
Que j'irais le saisir à leurs yeux avec rage;
Armé de mon couteau, je voudrais hardiment
Leur l'abattre à leurs pieds blessé mortellement.
Elle vient près de nous : cachons-nous sans attendre,
C'est un moyen prudent que toujours l'on doit prendre.
L'ourse, en effet, près d'eux s'approchait en trottant,
Suivie, à quelques pas, par un seul habitant,

Qui paraissait savoir que jamais aucune ourse,
Fût-elle de Gothland, n'était leste à la course;
Qu'ainsi que tous les loups une ourse ne sait pas,
Lorsqu'elle est poursuivie, hâter bien fort le pas.
Aussi l'homme, en un saut, et sans nulle épouvante,
Lui saute sur le dos, d'une adresse étonnante
La prend par chaque oreille, et très-adroitement
Lui fait lâcher sa proie en un petit moment.
Les nombreux villageois, voyant sa hardiesse,
Tombent d'étonnement, n'ont plus nulle détresse :
« Ne tirez pas, dit-il au garde, à Sébastien,
« Apprenez que cette ourse à moi seul appartient.
« Voilà bientôt huit jours qu'autour de ce village
« Pour la pouvoir saisir j'ai tout mis en usage,
« Et puisque je la tiens, agissez prudemment. »
— Oui, lui dit Sébastien avec emportement :
Vous nous paierai le mal qu'elle vient de nous faire.
— Elle a pris deux moutons, lui dit à son tour Claire;
Si l'un reste à manger, c'est que l'on poursuivait
Un loup, qui dans le bois comme elle se trouvait.
— Tu mens, lui dit alors son maître avec colère :
Les loups en votre absence ont seuls pu les soustraire.
L'ourse a détruit un loup pour avoir ce mouton,
Et j'ai pu tuer l'autre avec mon mousqueton.
Vois-tu ! De mon agneau voici ce qu'il me reste :
Cela seul vous confond tous les deux sans conteste.
Oserez-vous nier la pure vérité,
Quand le garde à moi-même ici l'a raconté?
Ah! vous vous amusez sans crainte sur l'herbette;
Vous gambadez tous deux, vous vous contez fleurette,
Et laissez mes troupeaux à la merci des loups,

Qui, fort heureusement, sont tombés sous nos coups.
Eh bien! pour vous punir, sachez que sur vos gages
Je me dégrèverai de ces fréquents dommages;
Et quand je me serai satisfait sur ce point,
Ce que je vous devrai ne vous chargera point.

---

## FOURNETTE LE SONNEUR, ET SA PIE (*).

Fournette le sonneur possédait une pie
A laquelle il tenait presqu'autant qu'à la vie;
Elle lui répondait toujours si savamment
Qu'on en était surpris très-admirablement.
Tout ce qu'en la maison cet oiseau voyait faire
Paraissait l'occuper comme sa propre affaire.
Tout par lui, sur-le-champ, se trouvait répété :
Il l'avait si bien vu, l'avait tant écouté!
Car chacun sait, enfin, que la pie est parleuse,
Et qu'elle a le défaut d'être même voleuse;
Et cela ne doit point surprendre aucunement,
Puisque certains mortels le sont également.
Il faudrait que, pour eux, le mot fît équivoque,
Comme il fait pour l'oiseau dont rien ne le provoque.

---

(*) Ce Fournette fut sonneur dans l'église de Saint Martin de Vienne; sa pie était très-intelligente, avait un caquet étonnant.

Un jour qu'en sa maison la fille du sonneur
Auprès de son amant parlait de son bonheur,
L'oiseau, les observant, put voir et put entendre
Leurs doux serments d'amour, le bruit d'un baiser tendre.
— Fournette le saura! leur dit-il aussitôt :
Soyez sûrs que je vais le lui dire tantôt.
— Ah! si tu le lui dis, répondit sa maîtresse,
Tu ne mangeras rien, tu mourras de détresse;
Tu sais bien que moi seule ici journellement
Te gâte en te donnant de tout abondamment;
Mais, au lieu de te faire en ma chambre un bocage,
Je te prends, je te mets de nouveau dans ta cage,
Et tu verras, enfin, ce que te va coûter
Le désir imprudent d'oser tout répéter.
Tu reconnais trop mal les soins que je te donne.
Voyons, le diras-tu? Parle, je te l'ordonne!
— Non, répondit la pie, il ne le saura pas.
— Eh bien! je vais alors préparer ton repas,
Et tu verras qu'on gagne, à m'être obéissante,
Beaucoup plus que d'avoir la parole blessante.
L'oiseau, très-satisfait de se voir bien traiter,
Promettait, en mangeant, de n'en rien répéter.
D'ailleurs, le pouvait-il? Il faisait bonne chère :
En parler, c'eût été se montrer téméraire;
La pie a son instinct, connaît le bien, le mal
Aussi distinctement que tout autre animal;
Car sur tout ce qui vit en toute la nature
Chacun s'y voit singer, jusqu'en sa nourriture :
L'oiseau s'y fait son nid, l'homme y fait sa maison;
Nous y mangeons le bœuf, les faucons le pinson;
Tout croît pour les nourrir comme nous sur la terre,

Et comme à nous leur est utile et salutaire,
Et les divers travaux que l'homme y fait de plus
Seraient à l'animal en tout point superflus.
Dieu le vêtit partout en lui donnant la vie;
Songer à se vêtir ne peut lui faire envie;
Sachez bien que l'instinct ne lui manquerait point :
Il en aurait, je crois, comme nous sur ce point.
L'araignée, à nos yeux, chaque jour nous le prouve :
Sa toile, qu'en tous lieux à chaque instant l'on trouve,
Montre assez clairement par ses contours égaux
Qu'elle fait comme nous de forts jolis travaux,
Et qu'elle sait qu'il faut, pour y prendre l'insecte,
En serrer chaque boucle, et la rendre correcte.
Le castor n'est-il pas comme elle intelligent?
Rien par lui ne se fait qui ne soit très-urgent.
La gentille fourmi n'est donc pas surprenante
Par sa prévision très-rarement cessante?
Pourrions-nous exiger de nous voir mieux singer,
Quand nous-mêmes souvent n'y savons pas songer?
Dieu créa l'animal comme il a créé l'homme :
Nous le nommons ainsi, sait-on comme il nous nomme?
Je reviens à la pie, et vous vais promptement
Dire ce qu'elle fit en un certain moment :
Chaque fois que Fournette allait sonner la cloche,
Cet oiseau le suivait, sans frayeur, de très-proche,
Et savait, en entrant dans le petit clocher,
Au-dessus de la cloche à l'instant se percher,
Et pendant que Fournette y sonnait une messe,
Cet oiseau l'observait et lui parlait sans cesse.
Mais un gros tiercelet, un jour l'apercevant,
Vient lui fondre dessus plus vite que le vent,

Le saisit et l'emporte aisément dans l'espace.
La pie, en pressentant la mort qui la menace,
Appelle à haute voix Fournette une ou deux fois :
« Ah ! Fournette ! Fournette ! entends ma faible voix ! »
Le tiercelet, enfin, que cette voix étonne,
Très-surpris qu'un oiseau comme un homme raisonne,
S'empresse à le lâcher et s'enfuit promptement,
Epouvanté d'entendre un tel raisonnement ;
Et la pie, en volant, revient près de Fournette
Se repercher encore heureuse et satisfaite.
— Fournette, lui dit-elle, ah ! comme il me serrait !
As-tu vu comme en l'air le drôle me bourrait !
— Le talent sert toujours, lui répondit son maître :
Il est bon pour chacun de savoir tout connaître ;
Car cet oiseau de proie, en t'entendant parler,
N'a pu, dans sa frayeur, t'emporter et voler.

---

## LE LION, LE CHEVAL ET LE SERPENT BOA.

L'on voit communément chez quelques grands d'Afrique
Le lion leur servir d'animal domestique.
Lorsque jeune on le prend, ce terrible animal
S'apprivoise très-bien, ne fait jamais de mal ;
Mais il faut lui savoir donner la nourriture
Qui peut flatter ses goûts, qu'exige sa nature ;
Et si l'on la lui tient toujours abondamment,

Il ne fait qu'embellir, grossir énormément,
S'attache avec ardeur à celui qui le soigne,
Et rarement alors de son maître il s'éloigne.
Mais lorsque la nuit vient, qu'il a pris son repas,
On doit bien surveiller qu'il ne s'éloigne pas;
Car s'il oyait rugir près de lui son semblable,
De l'empêcher de fuir nul ne serait capable.
L'Africain dont je tiens ce fidèle récit
En avait un chez lui qu'il surveillait aussi;
Il possédait encore un cheval magnifique,
Grand ami du lion, vrai pur sang de l'Afrique;
Il l'avait élevé comme il fit du lion,
Avait pris pour tous deux la même attention.
Aussi, lorsqu'ils sortaient pour quelque promenade,
Le lion les suivait, faisait mainte gambade,
Ne s'éloignait point d'eux, trottait à pas comptés,
Et les tenait toujours vaillamment escortés.
L'on ne peut pas avoir un serviteur plus brave;
Le lion ne craint rien, il n'est rien qu'il ne brave :
Sa force, son courage et son agilité
Font que tout animal l'a toujours redouté.
Sitôt qu'il l'aperçoit sa frayeur est extrême;
Il ne cherche qu'à fuir, c'est son désir suprême;
Car même l'éléphant, ce colosse animal
Qui sert aux Africains beaucoup mieux qu'un cheval,
Éprouve à son aspect un tremblement horrible;
C'est que le lion seul a le regard terrible.
Un soir, que celui-ci venait de bien souper,
Voyant que du cheval on allait s'occuper,
Il s'éloigne à pas lents, s'approche de la porte,
Entend rugir les siens, le plaisir le transporte;

Il s'élance en courant, parvient en un moment
A découvrir d'où vient ce sourd rugissement,
Et voit à trente pas une lionne seule,
Qui fuit en emportant une proie à la gueule;
Il la suit sur-le-champ, ne quitte plus ses pas,
Et chez cet Africain il ne reparut pas.
Le cheval, étonné d'une si prompte absence,
De pouvoir le revoir perdait toute espérance.
Depuis que son ami le lion avait fui
Il ne remangeait plus, dépérissait d'ennui.
« Où donc a fui, dit-il, cet ami si fidèle,
« Qui savait nous servir à chacun de modèle
« Par sa fidélité, son grand attachement,
« Qu'il nous prouvait toujours avec empressement?
« Il ne peut qu'avoir fui dans la forêt voisine.
« Comment le retrouver? Que cela me chagrine! »
Un matin, qu'il suivait son maître à l'abreuvoir,
Il partit au galop, sans qu'il le put revoir.
Dans un bois d'orangers le rusé sut, de suite,
Échapper à son maître, éviter sa poursuite,
Et, deux heures après, et toujours en trottant,
Dans la forêt il put entrer en haletant.
Hélas! il ignorait qu'en cette sollitude
Pour s'y pouvoir nourrir il faut une habitude;
Qu'on y rencontre aussi de nombreux ennemis,
Qui de s'entr'égorger toujours se sont promis.
Le tigre, le lion, le serpent, la panthère,
Peuvent-ils se souffrir un moment sur la terre?
A chaque instant du jour, ces cruels animaux
Se font dans la forêt d'épouvantables maux;
Et lorsque, par malheur, un cheval gras s'y montre,

C'est pour ces animaux une bonne rencontre.
Aussi notre étourdi, las de toujours trotter,
Entre dans un champ d'herbe et se met à brouter.
Tout à coup, un serpent caché dans ce lieu sombre
(Car dans ces pays chauds ils sont en très-grand nombre)
S'élance autour de lui, le serre tellement,
Que le cheval ne peut s'enfuir aucunement.
C'était un gros boa, d'une longueur immense,
Dont beaucoup d'animaux redoutent la présence.
Ce serpent avait pu, sans de bien grands efforts,
L'envelopper deux fois dans le milieu du corps;
Et le cheval, surpris par cette horrible étreinte,
Hennissait fortement de douleur et de crainte.
Son péril était grand. Cet horrible animal
Ne pouvait bien tarder de lui faire du mal,
Quand, soudain, un lion, qui venait de l'entendre,
Vint sur eux, en courant, hardiment les surprendre.
Il flaira le cheval, reconnut son ami,
Que le serpent surpris ne mordait qu'à demi;
Il mordit le serpent, et d'une force active
Le fit siffler plus fort qu'une locomotive,
Et l'énorme boa vit couler de son flanc,
Par d'affreux coups de dents, ce qu'il avait de sang :
« Je te tiens, lui dit-il, monstre vil, effroyable;
« Tu tuais mon ami, ce cheval admirable;
« Je viens de te donner le juste châtiment
« Que ta férocité mérite en ce moment. »
Le serpent lâche prise en rampant sur son ventre,
S'enfuit à demi-mort et dedans son trou rentre;
Et le cheval, surpris, content, reconnaissant,
Auprès de son ami s'élance en bondissant.

— Ah! tu viens, lui dit-il, de me sauver la vie,
Et de me rendre, enfin, le bonheur que j'envie;
Car c'est en te cherchant que cet affreux serpent
M'a pu saisir au corps pour répandre mon sang.
Mais dis-moi, maintenant que je suis plus tranquille,
Pourquoi pour la forêt as-tu quitté la ville?
T'y faisait-on, enfin, un mauvais traitement?
— Du tout, je ne puis pas m'en plaindre ancunement :
Mon maître avait toujours pour moi quelque caresse.
— Eh bien! pourquoi t'enfuir, nous causer de détresse?
— C'est que, mon cher ami, j'ai trouvé loin de toi
La liberté, la joie; en ces lieux je suis roi;
J'y trouve une compagne, et ce bonheur suprême
Me fait braver l'été, l'hiver et la faim même.
— Puisque tu t'y sens bien, je n'en veux plus sortir:
Comme toi, cher ami, je peux m'y divertir.
Je ne te quitte plus; nous pouvons, ce me semble,
Vivre heureux et contents comme jadis ensemble.
N'as-tu pas découvert en ces lieux des chevaux?
— Non, l'on n'y voit jamais aucun de tes égaux;
Ils s'y verraient bientôt dans un danger extrême;
Car il n'est en ces lieux que moi, mon cher, qui t'aime.
Les autres animaux sont tous tes ennemis :
Ils ne connaissent qu'eux, n'eurent jamais d'amis,
Et tu pourrais t'y voir, malgré tout mon courage,
Dévorer sans regret : ils sont tous pleins de rage.
Fuis, retourne en trottant au lieu qui te convient;
Là l'on te traite bien, aucun monstre n'y vient.
Si je m'ennuie ici, je pourrai te rejoindre;
Mais n'y compte pas trop, j'aurais tort de m'en plaindre.
Le cheval fut prudent, partit au même instant,

Rentra dans l'écurie où l'on le soignait tant,
Et comprit qu'on était bien mieux avec son maître
Qu'auprès des animaux pouvant vous ravir l'être.

FIN DU LIVRE PREMIER.

# FABLES ET AUTRES POÉSIES.

## LIVRE II.

—

### LE PETIT-MAITRE ET LE ROSSIGNOL.

— Pourquoi fuir le pays où nous t'avons vu naître,
Disait au rossignol un jeune petit-maître,
Pour aller parcourir des pays inconnus,
Où les oiseaux changeants sont toujours mal reçus?
C'est être trop ingrat envers ceux qui t'admirent,
Envers ton premier nid, les champs qui te nourrirent.
Né dans notre pays, certes tu ne dois pas
Chercher d'autres climats qu'où je porte mes pas,
Sans te voir exposé de devenir la proie
De quelque gros oiseau qui t'attend avec joie,
Ou de quelques chasseurs ignorant le talent
Que le Ciel t'a donné dans ton sublime chant.
Car aux pays lointains qu'habitent les barbares,
Hommes sans probité, les bons cœurs sont très-rares :
Ils sont sans jugement, et voient avec mépris
Un oiseau comme toi dont je suis tant épris.
Ils n'ont que la fureur de vouloir te détruire;

Mais moi qui te chéris, j'ai su sur eux t'instruire.
Crois-moi, reste en ces lieux : tu n'y trouveras pas,
Comme dans leur pays, un funeste trépas.
— Tout ce que tu me dis, lui dit l'oiseau volage,
Ne me convaincra pas : je dois suivre l'usage
Que nos premiers parents nous ont toujours transmis ;
Et sache qu'aucun d'eux ne s'en vit compromis ;
Car ici, cher monsieur, il y gèle en octobre ;
Et quoique notre race en tout temps soit très-sobre,
Elle ne pourrait pas l'être suffisamment,
Quand la neige, en janvier, tombe journellement,
Couvre partout tes champs, notre unique ressource,
Et ne nous laisse voir qu'un fleuve, qu'une source,
Et l'eau ; cet élément est peu fortifiant
Pour tous les rossignols qui pratiquent le chant.
Il faut se conforter pour faire la roulade,
Croquer d'excellents grains, picoter la salade,
Puisque nous n'avons plus d'insectes à manger.
Ton hiver détruit tout, ne sait rien ménager.
Faut-il, comme un moineau, nous mettre dans la fange,
Pour manger tes débris, ou piller dans la grange?
Nous mettre à la merci des filets ou d'un chat,
Qui nous dévorerait comme il dévore un rat?
Non, non, mon cher monsieur : le ciel qui nous inspire
A mis dans ces pays l'appât qui nous attire;
Il veut que le barbare, au milieu de ses bois,
Nous entende chanter pendant six ou sept mois,
Afin que les mortels puissent tous nous connaître,
Et bénissent le Ciel qui, comme eux, nous fit naître.

## LES DEUX VEUVES ET LEUR SERVANTE.

Pour pouvoir à leur gré vivre moins tristement,
N'avoir qu'un seul foyer, un seul appartement,
Deux veuves qui s'aimaient depuis leur plus jeune âge,
De leurs deux mobiliers ne firent qu'un ménage.
— Nous dépenserons moins, disait l'une des deux,
Et nous pourrons, eufin, passer des jours heureux.
Un seul logis suffit, une seule servante;
C'est un profit très-clair qu'avec plaisir je vante,
Et nous aurons encore, outre tant d'agrément,
Le plaisir de nous voir continuellement;
Ah! que nous aurions dû dix ans plus tôt le faire,
Car ce bonheur, dis-moi, te doit bien satisfaire?
— Certainement, ma chère, et j'ose t'affirmer
Que plus rien, maintenant, ne pourra m'alarmer;
J'avais trop, autrefois, conservé l'habitude
En vivant, comme toi, dedans la solitude,
D'être triste, boudeuse, et de ne point pouvoir
Recevoir poliment ceux qui me venaient voir;
J'étais presque toujours d'humeur insupportable.
Ah! que mon existence était épouvantable;
Je changeais de servante aussi facilement
Que je change de bas en mon appartement;
C'était journellement que j'avais avec elle,
Dès qu'elle faisait mal, quelque grosse querelle;

Tu sais comme je suis, je me fâche bientôt.
— Voilà, dit son amie, un bien mauvais défaut;
Il faut t'en corriger, car, un jour, ma servante
Se plaignait bien de toi, paraissait mécontente:
« Je ne puis, disait-elle, en rien la contenter,
« Et je crois qu'il faudra promptement la quitter.
« Ah! lorsque je n'avais qu'une seule maîtresse,
« Jamais on ne la vit me causer de détresse;
« Elle est très-raisonnable, et ne me ferait pas
« Courir à chaque instant quand je prends mon repas. »
— Comment, elle se plaint que je suis exigeante?
Ah! ma chère, ai-je tort? Lorsqu'on est négligente
Ne mérite-t-on pas quelque avertissement.
Mais Julie est absurde et n'a nul jugement;
Il faut, si tu m'en crois, demain nous en défaire,
Elle ne pourra pas longtemps nous satisfaire.
J'entends, moi, qu'une fille ait le don de prévoir
Tous les besoins urgents que nous pouvons avoir;
Qu'elle n'attende pas, lorsque l'on est à table,
Qn'on lui demande tout, c'est trop insupportable;
Cette fille, à mon sens, ne fera jamais rien,
Elle est trop maladroite et ne fait rien de bien.
— Je ne m'étonne plus, répondit son amie,
Si depuis quelques jours elle est ton ennemie,
Tu ne la peux sentir, elle ne peut te voir,
C'est vraiment surprenant, pénible à concevoir;
Moi j'en suis très-contente, et j'ose bien te dire
Que jamais on nous vit en rien nous contredire;
Voilà bientôt deux ans qu'elle est en ma maison,
Je veux la conserver, et crois que j'ai raison;
Plus on change souvent, plus on se mécontente,

Crois-moi, suis mon conseil et sois plus patiente.
Mais je l'entends marcher en notre appartement,
Ne reparlons plus d'elle, attendons un moment.
— Julie, approchez-vous, dit sa bonne maîtresse,
Et sachez qu'on se plaint de votre maladresse,
Que lorsque nous mangeons vous ne nous savez pas
Apporter ce qui doit être utile au repas;
Corrigez-vous, Julie, et sachez bien comprendre
Qu'il faut vous rappeler ce que nous devons prendre.
Allez, et préparez le dîner promptement,
Et faites du café comme précédemment.
Julie, en marmottant, se mit à son ouvrage,
Peu contente qu'on pût lui tenir ce langage :
« Je fais ici, dit-elle, en tout ce que je peux,
« Et tout ce que je fais est mal fait à leurs yeux ;
« Ma maîtresse, autrefois, était moins difficile,
« C'est qu'elle était, alors, seule en son domicile. »
Mais pendant que Julie apprêtait le repas,
De sa bonne maîtresse elle entendit les pas ;
C'était elle, en effet; elle venait voir faire
Le dîner qui devait bientôt les satisfaire;
Et sitôt qu'elle eut vu que tout se passait bien,
Elle la laissa faire et ne lui dit plus rien.
Julie, en se hâtant, mit le couvert sur table,
Et ce qu'elle savait leur être indispensable,
Et lorsque chaque mets fut cuit ou réchauffé,
Elle ne songea plus qu'à faire du café.
Mais après qu'elle eut mis au feu la cafetière,
En sa poche elle prit sa large tabatière,
Et l'ouvrant elle y put, dans une seule fois,
Saisir tout le tabac avec ses larges doigts :

« Je vois qu'il faut, dit-elle, aller en faire emplette
« Avant que l'une ou l'autre à la table se mette,
« J'aurais trop à souffrir si je n'en avais pas,
« J'aimerais mieux, je crois, me priver d'un repas. »
Julie, en se hâtant, put faire sa corvée,
Pour n'être de tabac aucunement privée;
Puis elle leur servit le dîner avec art,
Sut en portant les plats ne mettre aucun retard,
Et, le repas fini, sa nouvelle maîtresse
Lui fit des compliments, vanta sa gentillesse,
Et Julie, espérant toujours les contenter,
Achève le café, songe à le leur porter.
Mais pourquoi ce nectar que nous aimons à prendre
Eut-il, ce jour, un goût trop fait pour les surprendre,
Car l'une et l'autre, enfin, dès qu'elles l'eurent pris,
D'un malaise étonnant elles surent le prix :
« Non, dit l'une des deux, jamais, ma chère amie,
« Je n'ai pris de café plus mauvais en ma vie;
« Je crois que j'en mourrai tant je me trouve mal ;
« De vomir je me sens un besoin sans égal. »
L'une et l'autre se lève et croit sa mort prochaine,
Elles veulent marcher et le peuvent à peine;
Enfin, pour les guérir, Julie, au même instant,
Leur offre du tabac qu'elle-même aimait tant.
Mais n'en pouvant point voir dedans sa tabatière :
« L'aurais-je mis, dit-elle, en votre cafetière?
« Ah ! je cours en tremblant pour voir où je l'ai mis.
« O ciel ! je l'aurais fait ! tu me l'aurais permis?
— Malheureuse, lui dit sa maîtresse éperdue,
Vous pûtes, sans effroi, faire cette bévue?
En mîtes-vous beaucoup? — Une once seulement.

— Ce n'est donc rien cela ? — C'est trop assurément ;
Mais ce ne sera rien, lui répondit Julie,
Car lorsque votre chat avait la maladie,
Chaque jour j'en mettais une once dans du lait,
Et le drôle, madame, à mes yeux l'avalait.
— Insolente ! osez-vous me parler de la sorte !
Sortez, ou nous allons vous jeter à la porte !
Vous osez me vexer, augmenter mon courroux,
Au moment qu'il faudrait m'implorer à genoux !
— Eh ! tu ne sais donc pas que toute fille bête
En croyant bien parler est toujours malhonnête.
Ah ! si tu l'avais su renvoyer sans retard,
Nous n'éprouverions pas cet affreux cauchemar.

---

## L'AMANT VENGÉ ET L'ACCOUCHEMENT.

Fuyons, Éléonore ! allons chercher au loin
Un bonheur qu'en ces lieux nous ne trouverions point ;
Mon père m'a juré que jamais de sa vie
Il ne me reverrait si je laisse Octavie,
Et ton parent outré de se voir supplanter
Se vante de partout qu'il me veut insulter.
Ah ! nous ne devons pas, pour hâter sa vengeance,
Mettre en notre départ la moindre négligence.
— Pourrais-je y consentir ; mais songe donc, Clément,

De mon père chéri quel serait le tourment?
Pourrait-il supporter que son Éléonore
l'abandonne à jamais, qu'elle se déshonore?
Non, non, mon cher ami, ce coup, n'en doute pas,
Lui causerait bientôt le plus affreux trépas.
— Et que deviendras-tu? L'état de ta grossesse
Aux regards soupçonneux se dévoile sans cesse,
Car, sans ta crinoline, on n'ignorerait point
Que l'amour seul t'a fait naître cet embonpoint.
— Ah! j'en frémis, Clément, ce penser me dévore.
— Eh! bien partons, ma chère, il en est temps encore;
Rien d'attristant pour nous n'en pourra survenir,
hâtons-nous donc, plus tard nous pourrons revenir.
Ton père, je le sais, nous en pourra maudire,
Les voisins parleront, nous les laisserons dire.
— Je t'approuve, Clément, partons, hâtons le pas,
Et surveillons, surtout, qu'on ne nous suive pas.
Ce parti, quoiqu'affreux, est le seul qu'il faut prendre.
— Ah! je suis satisfait de te voir le comprendre;
Je vais habilement préparer mes effets;
Cours vite en faire autant; dès que nous serons prêts,
Il ne nous restera, pour nous pouvoir soustraire,
Qu'à nous porter, tous deux, vers le débarcadère.
Une heure après cela, la maîtresse et l'amant
Sur le chemin de fer fuyaient furtivement,
Tous deux très-mécontents de voir dans la voiture
Du cousin supplanté la jalouse figure.
C'était, réellement, très-affligeant pour eux;
Il était là présent, jetait sur eux les yeux,
Savait, en les fixant, contenir sa colère,
Tout en sachant garder une figure austère.

Mais, enfin, trop surpris de leur furtif départ,
Il calme son courroux, adoucit son regard;
Et pour savoir où fuit sa cousine inconstante,
Quoi qu'il la voie, enfin, souffrante et mécontente,
Il lui parle avec grâce, et reste très-surpris
De la voir lui répondre en poussant de grands cris.
— Ah! dit-il, vous croyez, perfide Éléonore,
Cacher le mal affreux qui soudain vous dévore?
Debout! Clément, Debout! Vas te mettre à l'écart;
Laisse-moi l'accoucher; je suis homme de l'art.
Remuez-vous, messieurs, car, pour lui faire face,
Il faut de son amant que je prenne la place.
Chacun reste surpris de cet événement,
Et n'ose croire encore à cet accouchement;
Mais d'autres cris perçants s'échappant de sa bouche
Prouvent qu'avec douleur Éléonore accouche.
Tout se passe très-bien, lui dit le médecin :
Je l'aurai! Je le tiens! Il prendra bien le sein!
Il est d'une vigueur, d'une force étonnante.
Ah! vous devez, cousine, en être très-contente.
Éléonore, alors, en ce cruel instant,
Prend son mouchoir de poche, à son cousin le tend;
Clément donne le sien, et, faute d'autre lange,
Dedans leurs deux mouchoirs le médecin l'arrange.
C'est un garçon, dit-il. Comme il semble à Clément!
C'est son portrait, cousine : il est vraiment charmant.
Cependant de vos yeux les siens ont la nuance.
Auriez-vous vu Clément avec indifférence?
Oh! non, non, vous l'aimez, je m'en suis aperçu,
Et je suis très-content que vous m'ayez déçu.
Quand deux jeunes amants ont fait ce pas immense,

L'amante ne peut plus avoir de préférence.
Recevez en vos mains le fruit de votre amour,
Et songez qu'en voiture il a reçu le jour.
— Il faut, mon cher cousin, lui dit Éléonore,
Qu'auprès de mes parents vous me serviez encore;
Car sachez que mon père ignore mon départ.
Vous seul de mes malheurs pouvez lui faire part.
Ah! je vous vois rougir d'une ingrate cousine.
Hélas! elle a compté dessus sa crinoline.

---

## LA PÊCHEUSE, LE PÊCHEUR, ET L'ANGUILLE.

« A nos amusements le sexe féminin
« Exerce son adresse et sa légère main ;
« Comme nous on le voit, en pêchant à la ligne,
« Montrer en la levant une adresse hors ligne;
« J'en fus un jour témoin sur un immense étang,
« Où je vois de chez moi pêcher à chaque instant ;
« Et voulant, sur-le-champ, connaître cette belle,
« Je sus qu'on l'appelait la charmante Isabelle,
« Qu'elle adorait la pêche, aimait également
« A chasser tout gibier avec acharnement. »
Ce récit me fut fait par un ami sincère :
Je vais donc, si je peux, à mon tour vous le faire.
Très-près de cet étang le Rhône largement
Roulant ses flots grondant impétueusement,

Procurait, en ce temps, à cette adroite belle
Une distraction agréable et nouvelle;
Car lorsqu'elle voulait pêcher d'autres poissons,
Elle y venait pêcher des ables, des goujons,
Le délicat barbeau, la savoureuse anguille.
Cette dernière à prendre est assez difficile,
Mais l'adroite Isabelle avait l'heureux bonheur
De l'enlever, parfois, aussi bien qu'un pêcheur.
Ce n'est pas surprenant, et je vous vais apprendre
Comment cette beauté devint forte à la prendre.
Chaque fois qu'elle allait dans le Rhône pêcher,
Auprès d'elle, aussitôt, s'empressait d'approcher
Un rentier, qui, toujours, depuis son plus jeune âge,
De la pêche faisait son important ouvrage.
Chaque jour, sans manquer, quand le temps était beau,
On l'y voyait pêcher l'anguille et le barbeau.
Mais ce pêcheur avait un défaut que bien d'hommes
Ont généralement dans le siècle où nous sommes :
Celui de se vouloir à tout prix rajeunir.
Mais le temps, tôt ou tard, finit par les punir ;
Lui seul dévoile aux yeux la ride et la vieillesse,
Et permet rarement qu'on trompe la jeunesse.
Et pourquoi se farder quand on a soixante ans ?
N'a-t-on pas existé les trois quarts de son temps?
S'il reste à tout vieillard vingt ou trente ans à vivre,
Quels sont donc les mortels qui pourront lui survivre?
Mais ce raisonnement les touche rarement;
Ils veulent, quoique vieux, plaire éternellement.
C'est ainsi que faisait ce vieux célibataire,
Qui même à la pêcheuse osait songer à plaire.
— Vous me croyez donc vieux? disait-il temps en temps.

Sachez que je n'ai pas atteint mes cinquante ans;
On ne peut en douter en me voyant la tête :
Voyez, de mes cheveux la nuance est parfaite.
Pas un seul cheveu blanc ne se montre dessus.
Voyons! répondez-moi : parais-je avoir bien plus?
— Non, non, lui répondait la charmante Isabelle :
Vos cheveux sont jolis, votre figure est belle;
Quelques rides, pourtant, s'y voient très-clairement,
Et démentent, monsieur, votre âge entièrement.
Mais il en est, je crois, qui, n'ayant que votre âge,
N'ont pas su conserver un aussi frais visage;
Car mon grand-père, enfin, qui n'a pas soixante ans,
A les cheveux très-blancs, et depuis très-longtemps.
Ce n'est pas étonnant : sachez que mon grand-père
N'a jamais pu rester un instant sans rien faire;
Même encore, en ce jour, on le voit travailler
Aussi péniblement qu'un jeune journalier;
Il eut quatorze enfants ; c'était une famille :
Treize garçons, monsieur, et ma mère pour fille.
Vous sentez qu'on ne peut, sans avoir de tourment,
Donner à tant d'enfants du pain journellement.
Douze vivent encore, et tous ont bon courage,
Et sont tous, comme lui, très-actifs à l'ouvrage.
Tandis que vous, monsieur, je sais parfaitement
Que la pêche est pour vous un vrai délassement;
Et l'on est point surpris si sur votre visage
On voit encore un peu la fraîcheur du jeune âge.
Rien ne peut mieux flétrir de l'homme la beauté
Comme un cruel ennui qui l'aura tourmenté.
— Vous convenez, enfin, adorable Isabelle,
Que je suis conservé, que ma figure est belle;

Mais vous ne savez pas que depuis quelque temps
Je suis brûlant d'amour comme dans mon printemps;
Que je vous aime, enfin, et que ma seule envie
Est de faire de vous ma maîtresse chérie.
Sachez bien que je puis vous faire un sort heureux.
— Votre désir, monsieur, me paraît très-affreux.
N'ayant que vingt-un ans, je ne dois, à cet âge,
Accepter un amant que pour le mariage;
Mais, en causant, je vois que nos deux hameçons
Viennent d'être mordus par quelques gros poissons.
Ah! monsieur, levez-donc! C'est une énorme anguille.
Dans son large gosier, tous les deux à la file,
Cette anguille a croqué nos perfides appâts.
Pourquoi plus loin de moi ne vous tenez-vous pas?
— Eh! sans moi, ma petite, auriez-vous pu la prendre?
Mon hameçon crochu vous le donne à comprendre.
Remarquez qu'il y tient assez solidement,
Et que le vôtre en sort, et n'y tient nullement.
Mais je ne prétends point, adorable Isabelle,
Vous ravir la moitié d'une pêche aussi belle.
Près d'ici nous avons un traiteur excellent,
Qui nous en pourra faire un mets très-succulent.
Souffrez, puisqu'il le faut, que nous mangions ensemble
L'anguille que je peux garder seul, ce me semble.
— J'y consens, cher monsieur; mais je veux, en plein champ,
Lorsqu'on l'apportera, la manger sur-le-champ.
Vous sentez le motif de ma délicatesse.
— Oui, oui, quelqu'un pourrait vous croire ma maîtresse;
Mais, charmante Isabelle, on m'en verrait heureux,
Et votre sort, pour ça, n'en serait point affreux.
Mais, enfin, je veux bien céder à votre instance,

Et toujours vous complaire en toute circonstance.
L'anguille fut mangée, et, deux heures après,
On les vit repêcher encore avec succès.
Mais, un soupçon régnant dans l'esprit d'Isabelle,
Au pêcheur elle fit une niche cruelle.
Pendant qu'il enfilait à ses deux hameçons
L'appât dont on se sert pour prendre les poissons,
La rusée enlevait, en pêcheuse maligne,
Avec ses hameçons, en élevant sa ligne,
Du pêcheur la perruque, aussi bien qu'un goujon.
C'était réellement lui faire un grand affront;
Car chacun sait, enfin, que toujours la perruque
Cache un long crâne nu jusqu'au fond de la nuque.
— Ah! lui dit-elle alors, c'est maladroitement
Que j'ai de votre tête enlevé l'ornement.
Aurais-je eu, cher monsieur, le don de vous déplaire?
Ah! c'est sans le vouloir que cela s'est pu faire;
Mais pourquoi prenez-vous des soins si superflus?
— Sachez, dit le pêcheur stupéfait et confus,
Qu'il ne me reste pas un cheveu sur la tête,
Et la perruque, enfin, embellit ma toilette.
— C'est malheureux, monsieur, que vous n'en ayez plus :
Votre tête est fort belle, en tiendrait bien dessus;
Mais sans aucun cheveu vous êtes supportable;
Lorsqu'on a la fortune on est trop exploitable;
Et puis je crois, monsieur, qu'ils vont vous revenir,
Car je ne prétends pas plus longtemps vous punir.

## MORT DE BAYARD.

Le chevalier Bayard, blessé mortellement,
S'adossait contre un arbre et mourait lentement.
L'armée était alors en complète déroute,
Et nos soldats vaincus s'entassaient sur la route.
On voyait défiler à pas précipités
Nos lestes fantassins, vraiment déconcertés.
Le prince de Bourbon, connétable de France,
Les poursuivait de près sans aucune clémence.
Mais il devait trouver, pour le mortifier,
Sur ce chemin Bayard, l'illustre chevalier.
Il semble que ce brave a conservé la vie
Tout le temps qu'il fallait pour venger sa patrie.
Le prince de Bourbon, malgré son pas pressé,
Eut bientôt reconnu le chevalier blessé;
Car Bayard, en souffrant d'une blessure grave,
Fit face à l'ennemi pour expirer en brave.
— C'est Bayard! dit le prince. Ah! j'ai pitié de vous!
L'état où l'on vous voit nous fait de peine à tous.
— Monsieur, je ne vous dois faire pitié, ni peine:
Je meurs homme de bien, en brave capitaine;
Mais j'ai pitié de vous, qui servez méchamment
Et contre votre roi, la France et le serment.
Quelques instants après Bayard cessa de vivre;
Mais son nom et sa gloire à tout doivent survivre.

Sa réponse sublime au prince de Bourbon
N'a pu que lui causer un repentir profond.
Tout vainqueur qu'il était, sa gloire était flétrie;
Mais celle de Bayard, l'honneur de sa patrie,
Laisse dans son pays un noble souvenir
Qui ne s'éteindra pas dans le siècle à venir.

---

## GEORGE ET LAURETTE, OU LE TRIO.

Le beau George et Laurette, en suivant leur baudet,
Allaient vendre à Paris leurs beaux fruits et leur lait.
C'était pour ces amants une course agréable.
Aussi, quel temps qu'il fît, fût-il épouvantable,
Rien ne les retenait; toujours, de grand matin,
Notre couple amoureux se mettait en chemin.
Ils avaient, tous les jours, des récits à se faire,
Et savaient sur un rien tellement se distraire,
Que trop tôt à Paris ils se trouvaient rendus;
Mais leurs fruits et leur lait étaient bientôt vendus.
L'on chérissait tant George, on aimait tant Laurette,
Que l'on ne leur laissait ni beurré, ni noisette.
Alors ils repartaient, mais plus commodément .
Laurette sur son âne, et George, son amant,
La suivait en prenant le chemin du village,
Que l'âne connaissait depuis son plus jeune âge.
Un jour, que ces amants chantaient une chanson,

Qu'ils répétaient très-bien tous deux à l'unisson,
L'âne crut embellir ce duo magnifique
En chantant avec eux (mais non pas en musique)
Ce vieux air que toujours il se plait à chanter,
Et qui possède l'art de tant nous hébéter.
Soit qu'il crût que sa voix eût assez d'harmonie,
Et ne dût au trio faire cacophonie,
Il redoubla de zèle et faussa tellement,
Que Laurette en gémit, ainsi que son amant.
« Quoi ! lui dit George outré, peux-tu, stupide bête,
« Nous casser en chantant aussi longtemps la tête!
« Couper si sottement notre belle chanson,
« Que nous avons toujours chantée à l'unisson.
« Ta conduite insolente, animal détestable,
« Te vaut un châtiment qui te soit redoutable. »
Et George avec fureur tellement le frappa,
Qu'au lieu de mieux chanter leur âne galoppa,
Mais si rapidement, que sa chère Laurette
En perdit l'équilibre, et tomba sur l'herbette,
La tête la première, et si fatalement,
Qu'elle fut un moment sans voir son cher amant;
Car, en tombant ainsi la tête la première,
Si l'on ne se retient en tombant en arrière,
La chute est dangereuse, et la robe, en ce cas,
Peut rester accrochée au plus petit des bâts.
Alors, comme Hippolyte on aurait vu Laurette
Traînée au grand galop sur le roc, sur l'herbette,
Par son propre baudet, qui fut épouvanté
Non par un monstre affreux, mais pour avoir chanté
D'une voix de stentor au trio sans musique,
Comme a toujours chanté la plus rare bourrique.

Par bonheur pour Laurette il n'en fut point ainsi,
Rien au bât n'accrocha, tout la suivit aussi;
Sa robe, ses jupons en tombant lui cachèrent
Ses beaux yeux de vingt ans, que ses mains dévoilèrent.
Alors George accourut, saisi d'étonnement;
Il releva Laurette avec empressement.
— Eh! comment, lui dit-il, as-tu fait la culbute?
— Ce raisonnement, George, est digne d'une brute,
Lui répondit Laurette en pleurant de chagrin,
En s'essuyant les yeux avec sa belle main;
Si, comme un gros butor, tu n'eûs avec rudesse
Épouvanté mon âne en le frappant sans cesse,
Je n'aurais pas tombé; car, lorsque je le bats,
Il ne prend pas le trot, il hâte un peu le pas.
— Eh! pourquoi se met-il, chaque jour, dans la tête
De chanter avec nous! C'est mal pour une bête.
Mais la prochaine fois que nous rechanterons,
Si le drôle s'y met, nous le corrigerons;
Je t'en ferai descendre, et sois sûre, Laurette,
Qu'il payera deux fois ta chute sur l'herbette.
Il faut le châtier, c'est un jeune animal
D'une race entêtée et qui craint peu le mal.
— Ah! George, que tu sais te couvrir par tes ruses!
C'est ainsi que de moi chaque jour tu t'amuses;
Mais je me vengerai, sois tranquille: un beau jour,
J'espère te le rendre et te plaindre à mon tour;
Car je n'ignore pas que ta grande malice
T'a fait trouver pour moi ce perfide artifice.
— Ah! Laurette, peux-tu me croire aussi méchant
Si je l'ai frappé fort, c'était pour notre chant,
Certes, tu dois savoir que c'est son habitude;

Ce n'est que trop chargé, tombant de lassitude,
Que ton âne se tait lorsqu'il t'entend chanter;
Et pourtant il soupire et voudrait s'arrêter,
Tant il aime à montrer sa voix insupportable;
Mais l'animal devrait attendre son semblable,
Et ne jamais confondre ainsi ta belle voix
Avec la voix des siens, qu'il entend quelque fois.
Mais je te donne tort de supposer, Laurette,
Que j'avais désiré te voir choir sur l'herbette,
Moi, qui mourrais le jour où quelqu'événement
Te causerait la mort malgré mon dévoûment;
Je t'aime trop, Laurette, et je ne peux comprendre
Qu'un semblable soupçon doive se faire entendre;
Car en tombant du dos d'un si bas animal,
Tu ne te pouvais pas faire beaucoup de mal.
Mais je comprends, enfin, ta frayeur fut extrême,
Et tu te crus perdue, hélas! J'en fus de même.
Mais, enfin, maintenant que tout s'est bien passé,
Il faut te consoler, oublier le passé.
Songe que nous voilà de retour au village.
Reprends ton air content, et sèche ton visage.
— J'ai vraiment, dit Laurette, un peu moins en courroux,
Agi très-gauchement: quand tu frappas tes coups,
J'aurais dû me tenir au bât, à la croupière,
Je n'aurais pas tombé, comme un sac, en arrière.
Enfin, c'est un malheur où chacun eut un tort:
Moi, de me mal tenir, toi, de frapper trop fort;
Et mon âne n'a fait que ce qu'il devait faire,
Car à de pareils coups tous voudraient se soustraire.
Quant à montrer sa voix, George, nous le faisons,
Et sans avoir souvent de meilleures raisons.

Donc, rien ne peut prouver, lorsque mon âne chante,
Que c'est ma belle voix qui l'excite et le tente.
Laurette avait raison, et, cette fois, je crois
Que l'âne n'était pas le plus bête des trois.

---

## LA MEUNIÈRE, SES AMANTS, ET LA FARINIÈRE.

Pour cacher ses amants, une jeune meunière
Les contraignait d'entrer dans une farinière.
Ce meuble était antique et fait comme un tonneau,
Très-rond dedans le bas ainsi que dans le haut.
On en voit même encore en quelques vieux ménages,
Dans les petits hameaux, comme dans les villages,
Excepté, cependant, chez de certaines gens,
Qui, ne pouvant avoir tous les meubles urgents,
Ou qui, ne faisant pas du pain en leur cuisine,
Peuvent se dispenser d'avoir de la farine.
Ce meuble est maintenant mieux confectionné :
Tout corps d'état en tout s'est perfectionné.
Aussi, voulant briller, notre jeune meunière
Mit un jour de côté sa vieille farinière,
Et dit à son époux, qu'elle faisait marcher,
(Car il la vénérait, n'osait point la fâcher) :
« Je veux que ce matin tu m'ailles faire emplette

« D'une autre farinière à la mode et bien faite ;
« Celle-ci me déplaît, je n'en veux nullement :
« Elle marque trop mal en notre appartement. »
Et le meuble ennuyeux, mis dans une chambrette,
Servit à deux amants, depuis lors, de cachette.
L'amant, pour se soustraire aux regards de l'époux,
A sa juste colère, à ses terribles coups,
N'est-il pas trop heureux, en son péril extrême,
De pouvoir s'y cacher et sauver ce qu'il aime?
Cette jeune meunière avait beaucoup d'appas;
Mais elle le savait et ne le cachait pas.
« Où pourrais-tu trouver une femme semblable,
« Ayant mes traits, ma taille et ce pied admirable?
(Disait-elle, en riant et d'un air très-coquet,
A l'amant qui l'aimait et qui la reluquait).
« C'est donc avec raison que, dans la ville entière,
« On ne m'appelle plus que la belle meunière.
« Aussi, lorsque je sors, je vois à tout moment
« Que chacun me contemple avec ravissement.
« J'en rougis quelquefois, et je baisse la tête :
« C'est alors que je suis d'une beauté parfaite;
« Ce rouge, qui survient sur ma peau de satin,
« Me donne de la rose et l'éclat et le teint;
« Mais ce qui les surprend et me rend admirable,
« Ce sont mes beaux cheveux d'un noir incomparable,
« Qui, lissés sur mon front en deux larges bandeaux,
« Font ressortir mon teint et mes yeux bien plus beaux.
« Ah! les yeux bleus, est-il, réponds, je t'en conjure,
« D'autres yeux ornant mieux une belle figure?
« Une brune aux yeux bleus, c'est du plus que parfait.
« Ah! tu dois, Claudius, en être satisfait. »

C'est ainsi que, souvent, cette rare coquette
Vantait à son amant sa beauté, sa toilette;
Et Claudius, heureux, en contemplation,
Soupirait, l'écoutait avec attention.
Mais il n'était pas seul aimé de cette belle :
Elle avait trop d'attraits pour lui rester fidèle;
Car elle recevait en son appartement
Un major de hussards qu'elle aimait tendrement.
Il était jeune et brave, et digne de lui plaire :
C'était réellement un très-beau militaire.
Claudius le savait; il en était jaloux,
Mais il se contraignait et cachait son courroux.
Un jour, que Claudius courtisait cette belle,
Lui vantait ses appas, admirait sa prunelle,
Le major survenant aussi furtivement,
Claudius fut contraint de rentrer promptement,
En silence et sans bruit, dedans la farinière.
« C'est mon époux, lui dit cette belle meunière :
« Dès qu'il sera parti je reviendrai te voir;
« Cache-toi là-dedans : nous devons tout prévoir. »
Et l'amant Claudius, bien plus que Diogène (*),
En cet obscur réduit se trouvait à la gêne;
Car, bien loin d'y sentir les rayons du soleil,
Il n'y sentait, hélas! qu'un ennui sans pareil;
Mais s'il avait pu voir un moment Alexandre,
Réclamer le soleil qu'il venait de lui prendre,
Ainsi que Diogène il eût été content,
Et l'attente eût été passée en un instant.

---

(*) Philosophe qui vivait du temps d'Alexandre-le-Grand.

Ce beau major, plaisant à la belle meunière,
Passait à lui parler souvent une heure entière;
Et ce jour-là, surtout, l'entretien fut très-long;
D'ailleurs, lorsqu'on se plaît, du temps s'occupe-t-on?
Cependant Claudius, las de toujours attendre,
Allait prendre un parti, lorsqu'on se fit entendre.
Il écoute, il entend monter subitement
L'époux de la meunière en son appartement.
La meunière surprise, avant d'ouvrir la porte,
Auprès de Claudius en se hâtant se porte,
Et fait signe au major, de son minois lutin,
De la suivre et d'entrer dans ce lieu clandestin.
Le major de hussards, pour plaire à la meunière,
Entre subitement dedans la farinière.
Qui ne s'y mettrait pas, belle brune aux yeux bleus?
Un maréchal de camp s'y croirait trop heureux.
Lorsqu'on a vu vos traits et votre regard tendre,
De vous désobéir oserait-on prétendre?
Mais vous pourriez, du moins, choisir mieux vos moments
Pour ne pas rassembler ainsi vos deux amants.
Le major, fort surpris d'y trouver un jeune homme,
Provoque ce rival, de s'expliquer le somme,
Et, dès le lendemain, sans craindre aucun danger,
Sur le terrain tous deux allèrent se venger.
Claudius fut blessé; sa blessure, peu grave,
Au travail qu'il faisait n'apporta nulle entrave.
Mais le meunier apprit ce qui s'était passé,
Et, tout bon qu'il était, il en fut courroucé.
Aussi, quand Claudius vint revoir la meunière,
L'époux le vit entrer dedans la farinière;
Et, sans faire du bruit, il dit à ses meuniers,

Qui devaient se porter chez plusieurs fariniers,
De mettre promptement, entr'eux, sur la charrette,
Le vieux meuble servant si souvent de cachette.
La meunière voulait y mettre empêchement,
Mais son époux lui dit impérieusement :
« Je l'ai vendu, ma femme, il faut que je le livre. »
Et cet époux outré se hâta de les suivre,
Les fit soudain monter sur le mont dangereux,
Puis il lança le meuble en cet abîme affreux;
Et Claudius, roulant sur cette pente immense,
Allait trouver la mort, contre son espérance,
Si la pointe d'un roc n'eût, fort heureusement,
Brisé la farinière et fait sortir l'amant,
Qui, tremblant de frayeur, accablé de détresse,
Se promit d'oublier à jamais sa maîtresse.

---

## LA COMÈTE DU 13 JUIN 1857.

C'est donc le treize juin qu'une affreuse comète
Doit nous anéantir avec notre planète.
Rien, si nous en croyons l'astrologue allemand,
Ne doit rester debout en ce fatal moment.
Cependant, autrefois, ceux qui virent cet astre
Admirèrent sa queue, et n'eurent nul désastre.
Elle étonna le monde, et surtout Charles-Quint,
Qui remit à son fils le pouvoir souverain

Pour s'enfermer, dit-on, dans un saint monastère,
Dans lequel il mourut en saint sur cette terre.
Plusieurs ont affirmé que ce fut la frayeur
Qui lui fit abdiquer son titre d'empereur.
Cette comète, alors, doit être épouvantable,
Puisqu'elle a pu frapper ce guerrier redoutable,
Qui brava si souvent la mort dans les combats,
Et qui sut tant de fois agrandir ses états.
Non, je ne croirai point un semblable mensonge :
Charles-Quint n'eut point peur; c'est une erreur, un songe.
Il vit cette comète, et dit en l'observant :
« C'est un astre étonnant que l'on voit peu souvent;
« Sa queue étincelante, et que Dieu seul enflamme,
« Imite élégamment la robe d'une dame;
« Et je serais tenté de croire en ce moment
« Que pour tenter la femme elle est au firmament.
« Ce sexe aime la queue un peu longue à la robe (*),
« Et Dieu s'en est douté; de peur qu'on la dérobe,
« A ce beau sexe, à nous il la montre en tous lieux,
« En la tenant toujours suspendue à ses cieux;
« Car ce brillant d'argent doit plaire à la coquette,
« Et la rendrait vraiment superbe en sa toilette.
« Eh bien! sexe enchanteur, que je trouve charmant,
« Allez la dérober vous-même au firmament. »
C'est ainsi qu'il parla de l'affreuse comète,
Dont chacun de la queue en ce jour s'inquiète.
Eh! qu'avons-nous à craindre? Elle a paru deux fois.
Pense-t-on qu'elle soit plus basse qu'autrefois?
C'est vraiment offenser le Créateur suprême

(*) Les robes à queue étaient, à cette époque, très à la mode.

De douter d'un travail qu'il dirige lui-même;
Car tous les trois cents ans il la montre à nos yeux,
La faisant promener sous la voûte des cieux,
En évitant Vénus, Mercure et notre Terre,
Pour raser Jupiter comme une solitaire (*).
Mais elle est en retard; et c'est, je crois, certain
Que cet astre aura fui dessous un ciel lointain,
Où toute astronomie étant fort peu d'usage,
Aucun savant ne sait découvrir son passage;
Ou cet astre effrayant, que nous prédit Laensberg (**),
A-t-il perdu sa queue en heurtant Jupiter?
Ce serait malheureux pour l'énorme planète,
Et bien plus désolant pour l'affreuse comète.
Saturne a dû, je crois, en cet affreux moment,
Éprouver de ce choc un bouleversement;
Et la comète, errant sans queue et comme étoile,
Gravite au firmament où rien ne la dévoile.
Ce serait très-heureux si nous devions périr,
Car ces astres choqués Dieu peut les secourir.

(J'ai fait ce morceau de poésie dans le courant du mois de mai 1857).

---

## LES GRISETTES DE PARIS ET LA CRINOLINE.

Je ne pourrai jamais, ma chère Caroline,
Me résoudre à porter la large crinoline;

---

(*) D'après les astronomes.

(**) Mathieu Laensberg, astrologue allemand.

Elle est embarrassante, et cause, à tout moment,
A celle qui la met quelque désagrément.
Je viens d'être témoin, dans un étroit passage,
D'une aventure, hélas! qui, sûr, m'en décourage :
Une dame d'ici, mise en robe fond blanc,
Cheminait devant moi, quand vinrent, en courant,
Deux petits ramoneurs, d'un noir incomparable.
C'était une rencontre assez désagréable
Dans un passage étroit où sa robe frôlait
Des deux côtés les murs où chacun circulait.
Aussi ces deux démons, sans nulle inquiétude,
En jouant, en sautant, comme ils font d'habitude,
Tombent sur cette dame involontairement,
Noircissent, devant moi, sa robe entièrement,
Y font plusieurs accrocs avec leur noire râcle,
Causent en ce passage un étonnant obstacle.
La dame, au désespoir de tous ces accidents,
Fait sur-le-champ saisir ces petits imprudents.
— Elle avait bien raison, et je sais qu'à sa place
A de tels polissons je ne ferais pas grâce.
— Attends-donc, Caroline, et laisse-moi finir :
Tu sauras promptement comme on les va punir.
Elle les suivit donc au bureau de police,
Comptant que sur-le-champ on lui rendrait justice.
Mais il fallait pouvoir entrer dans le bureau!
Ah! chère Caroline! Ah! que le coup est beau!
« Faites entrer, disait tout haut le commissaire,
« La dame qui céans a des plaintes à faire. »
— Entrez, madame, entrez, lui dit l'agent tout bas.
— Je le voudrais, monsieur, mais je ne le peux pas :
Je vois que votre porte est un peu trop étroite.

— Nous en avons, madame, une plus large à droite:
Veuillez vous y porter, et je vais vous l'ouvrir.
C'est tout ce que j'ai pu jusque-là découvrir ;
Mais j'ai pu de l'agent, une heure après, apprendre
Ce récit singulier qui te va bien surprendre.
C'est la dame qui parle : — Ah! monsieur, c'est affreux!
Voyez dans quel état je me montre à vos yeux.
Veuillez leur appliquer une sévère peine ;
Ma robe est déchirée et sur moi tient à peine.
— Madame, dans quel lieu vous ont-ils fait ce mal?
— Dans le passage étroit de la maison Noirmal.
— Ah ! certes, répondit monsieur le commissaire,
Je ne sais vraiment pas ce que je puis leur faire,
Car votre crinoline a malheureusement
(Lui dit-il en tendant son mètre habilement)
Plus de largeur au bas qu'en contient le passage ;
Et vous n'ignorez point qu'il fut toujours d'usage
Pour le bourgeois, madame, et pour le ramoneur,
D'y passer à leur gré comme fait tout flâneur.
C'est malheureux pour vous, je ne leur puis rien faire.
— Qu'en dis-tu, Caroline?
— Ah! c'est affreux, ma chère;
Ils méritaient de faire un bon mois de prison.
— Eh bien! le commissaire, à mon sens, a raison.
Car chacun, à Paris, comme en toute la France,
A droit de circuler.
— C'est ainsi que je pense ;
Mais on n'a pas le droit, sans nulle attention,
De nous faire, en courant, cette vexation.
Comment! ces polissons ne pouvaient pas attendre?
Cet égard nous est dû, nous devons y prétendre.

S'ils avaient su passer près d'elle lentement,
Ils n'auraient pas noirci sa robe entièrement.
Mais voilà: cette dame est d'une basse classe;
On m'en ferait autant si j'étais à sa place.
Le riche, en tous les temps, malgré la liberté,
Fut toujours mieux que nous en tous lieux respecté.
La fortune a des droits, et devant la noblesse
La justice ne souffre aucune impolitesse.
Eh bien! malgré cela je ne cesserai pas
D'aimer la crinoline; et, jusqu'à mon trépas,
Je veux singer la dame et lui faire comprendre
Que, quoique pauvre, enfin, j'ai le droit de la prendre.
Elle me va très-bien, me fait un corps parfait;
Aussi mon Claudius en est très-satisfait.
Allons, décide-toi, ma chère Joséphine :
Imite-moi; crois-moi, porte la crinoline.
Ah! qu'elle t'irait bien, et comme ton amant
Te trouverait gentille en cet accoutrement.
Tu ne semblerais plus, en ta grande toilette,
Ma tante Madelon, ta cousine Jeannette,
Dont la taille, grand Dieu! semble un fagot mal fait.
Car sans la crinoline un corps bien fait est laid.
Ah! si je te disais ce qui me la fit prendre,
Ce récit singulier te pourrait bien surprendre...
Mais c'est vrai qu'avec toi je n'ai rien de secret :
Toute femme est discrète, et l'homme est indiscret;
Et, d'ailleurs, ce malheur surprend la fille sage.
Dieu nous peut pardonner; n'est-ce pas son usage?
Sache donc que j'étais enceinte de sept mois;
Je n'osais plus sortir que le soir, quelquefois,
Quand par bonheur pour moi, ma chère Joséphine,

Par nos dames je vis porter la crinoline.
O mode désirée ! Immense Malakof !
J'oserai donc, enfin, passer sur le Pont Neuf !
Je la pris, chère amie, et, depuis cette époque,
De nos dames du jour hardiment je me moque;
Et j'ose t'affirmer que cette mode-là
Se portera longtemps à cause de cela.
— Je ne m'étonne plus, ma chère Caroline,
De te voir maintenant porter la crinoline;
Et si je devenais enceinte un de ces jours,
Je la prendrais aussi pour la porter toujours.
Pour sauver son honneur on se met à la mode :
C'est ballon sur ballon... Mais vive la méthode!

---

## ADÈLE ET JUSTIN,

## OU UN BIENFAIT N'EST JAMAIS PERDU.

Chère Adèle, as-tu vu le regard menaçant
Que ton père me vient de lancer en passant?
Saurait-il que je t'aime? As-tu fait l'imprudence
De te laisser ravir notre correspondance?
S'il en était ainsi, tout est perdu pour moi,
Et rien ne serait fait pour calmer mon émoi.
— Non, Justin, je la tiens on ne peut mieux cachée :
Je la soigne avec soin, j'y suis très-attachée.

Elle seule, mon cher, quand je ne te vois point,
Me fait dormir en paix et me charme en tout point.
Elle seule me peut remplacer ta présence :
J'y vois ton amitié, ta rare complaisance.
En me la relisant je crois te voir parler,
Et c'est moi qui te l'ose en ce jour révéler.
Ah! j'en devrais rougir... L'amour que je te porte...
— Me charme au dernier point, me ravit, me transporte.
Oui, mon aimable Adèle, à cet amour charmant
Le mien répond toujours avec empressement.
— Hélas! Justin, mon père à cet amour si tendre
Ne mettra-t-il pas fin? Pourra-t-il bien l'entendre?
Tu sais que tu n'as rien. Ce penser, cher Justin,
M'a fait plus d'une fois maudire mon destin.
Ah! qu'en ce jour pour toi je maudis la fortune!
Que depuis que je t'aime elle m'est importune!
Et cependant, Justin, elle est le seul bonheur,
Et je crains qu'à moi seule elle porte malheur.
Mon père est sans pitié, ne me laissera prendre
Qu'un époux qui soit riche; il me le fait comprendre :
« Ne va pas, me dit-il, un jour t'amouracher
« De quelque malheureux; ce serait me fâcher.
« Songe donc, mon enfant, que ta dot importante,
« Et les prétentions dont te berce ta tante,
« Doivent te faire prendre un très-riche parti.
« Use-donc bien du bien que Dieu t'a départi,
« Pour que, sur mes vieux ans, je te puisse un jour dire :
« Que tu sus m'obéir, jamais me contredire. »
Ah! Justin, j'en frissonne. Où me faut-il aller
Pour ne plus le revoir, n'y l'entendre parler?
Comment pouvoir tenir cette promesse affreuse

Qui lui doit rendre, un jour, une vieillesse heureuse?
Comment n'en pas rougir, maudire mon destin?
Qu'allons-nous devenir? Que ferons-nous, Justin?
— Dieu seul en l'avenir, ô ma charmante amante,
Peut lire en nos destins. Que rien ne te tourmente :
Songe que sur la terre on séjourne un instant,
Et qu'on n'y doit songer qu'à ce qui rend content.
Justin, jeune homme actif et plein d'intelligence,
Mettait en travaillant beaucoup de vigilance,
Et son maître en était grandement satisfait;
Il trouvait toujours bien tout ce qu'il avait fait.
L'amour seul l'exaltait, lui donnait du courage,
Le faisait remarquer dans le plus simple ouvrage.
Un jour qu'à son Adèle il parlait en secret,
Et qu'il lui promettait d'être toujours discret,
Son maître les surprit et put enfin entendre
Leurs doux serments d'amour, le bruit d'un baiser tendre·
« Malheureux! lui dit-il, c'est donc pour me tromper
« Que chez moi, chaque jour, tu sais tant t'occuper!
« Pour t'en récompenser tu prends la hardiesse
« De déranger ma fille, en faire ta maîtresse!
« C'est oublier, Justin, que ta position
« Est loin de te permettre autant d'ambition.
« Pars! va-t-en de chez moi; que jamais de ta vie
« D'y remettre les pieds il ne te prenne envie. »
Justin, les yeux baissés, s'éloigna promptement,
Le cœur triste et blessé, souffrant horriblement.
Mais le cruel Amour, ce dieu vraiment perfide,
Avait fait sur leur cœur un progrès trop rapide.
Adèle, au bout d'un mois, tomba dans un état
Qui menaçait d'avoir un fâcheux résultat.

Un médecin la vit, ordonna de la faire
Voyager quelque temps pour la pouvoir distraire ;
Disant que cela seul lui rendrait la santé.
Mais il fallait qu'Adèle en eût la volonté.
Adèle y consentit, sachant bien qu'un voyage
Ne pouvait la guérir comme le mariage;
Que pour guérir deux cœurs qui s'aimaient tendrement
Rien ne convenait mieux qu'un doux abouchement.
Et pour y parvenir, et pour que Justin puisse
La voir et lui parler lorsqu'elle irait en Suisse,
Elle sut, en secret, lui faire parvenir
Ce billet promettant un si doux avenir :
« Demain, mon père et moi nous rendrons à Genève;
« Ce n'est pas, cher Justin, le bonheur que je rêve ;
« Tu sais que, loin de toi, je meurs à chaque pas.
« Viens donc, mon cher ami, suis-nous, ne tarde pas. »
Lorsque Justin eut lu cet important message,
La joie, au même instant, revint sur son visage.
« Ah ! dit-il, quel bonheur! C'était là mon dessein.
« Je vais donc la revoir, la presser sur mon sein !
« Allons, Justin, oublie une heure d'infortune :
« Sache te consoler : la tristesse importune. »
Et Justin, le matin, sous un déguisement,
Prit le même convoi, les suivit hardiment,
Et sut, en arrivant, se trouver côte à côte
Avec eux, en soupant, à bonne table d'hôte.
« Voilà du bien bon vin, dit-il à haute voix;
« Messieurs les voyageurs, c'est à vous que je bois ! »
Adèle dit tout bas : « cette voix m'est connue :
« C'est Justin déguisé ! Quelle idée ingénue !
« Que je voudrais, mon père, aller dans un bateau

« Me promener demain une heure ou deux sur l'eau. »
— Si c'est là ton désir, je puis le satisfaire,
Ma fille; tu sais bien que j'aime à te complaire.
— Monsieur, reprit Justin, me serait-il permis,
Car vous savez qu'à table on se fait des amis,
De vous offrir, demain, une place en ma barque?
Je sais la diriger; n'ayez peur de la Parque.
Chaque jour sur le lac, lorsqu'il fait bien beau temps,
Je vais me promener pendant quelques instants.
— Nous acceptons, monsieur, dit le père d'Adèle,
Nous réservant après de louer votre zèle.
Justin, très-satisfait, sur le lac aussitôt
Loua d'un batelier un fort joli bateau,
Et tous trois, le matin, pendant un grand orage,
Dessus ce lac charmant s'éloignaient du rivage.
Mais un quart d'heure après, l'orage s'augmentant,
Chacun s'en effrayait, paraissait mécontent,
Lorsque le vent, enfin, redoublant sa furie,
Fit chavirer leur barque et menaça leur vie.
Justin, sans s'effrayer, saisit habilement
Adèle dans le lac, la soulève un moment,
Et, plaçant une main sur le fond de la barque :
« Tiens-toi là, lui dit-il, tu braveras la Parque. »
Puis, plongeant de rechef, il est assez heureux
Pour tirer l'autre aussi de ce danger affreux ;
Et dès qu'il peut saisir la nacelle à la nage,
Il leur parle à tous deux, excite leur courage,
Met sa rame en travers sur le fond du bateau,
Et leur la fait saisir pour les tenir sur l'eau.
Alors on aperçut s'éloigner de la rive
Ceux qui ne craignaient point la tempête excessive,

Pour venir secourir les pauvres naufragés,
Que le brave Justin avaient encouragés;
Car un instant après, tous les trois sur la plage
Purent se voir sauvés, échappés au naufrage.
— Ah! monsieur, dit Adèle à son fidèle amant,
Vous nous avez sauvés très-courageusement!
— Oui, ma fille a raison, reprit alors son père:
Nous vous devons beaucoup. Pour vous que puis-je faire?
— Souffrir, lui dit Justin en tombant à genoux,
Que votre fille, enfin, m'accepte pour époux.
Puisque je vous ai pu sauver ici la vie,
Sauvez-la nous aussi, c'est tout ce que j'envie.
— Comment, c'est toi, maraud! Tu nous trompais ainsi!
Allons, allons, je veux vous la sauver aussi.

---

## LE MILORD, SON NÈGRE ET LE FRANÇAIS.

Un très-riche milord avait un domestique
Dont il vantait partout la force athlétique.
On n'avait, selon lui, jamais vu son égal.
« Mon nègre, disait-il, a dans le Sénégal
« Mis à mort, en luttant, des hommes redoutables,
« Et m'a souvent gagné des sommes incroyables;
« Et je puis affirmer qu'à l'homme le plus fort
« Il peut faire, en luttant, subir le même sort.
« Car si dans vos pays maintenant je voyage,

« C'est pour montrer à vous sa force et son courage. »
Et ce riche milord, fier de tant de succès,
Promettait, pour lutter, beaucoup d'or aux Français.
Mais son nègre fameux, à tous si redoutable,
Eut bientôt rencontré dans ces lieux son semblable.
On sait parfaitement qu'en notre nation
On brave avec orgueil la provocation.
Aussi, le même jour de ce défi terrible,
L'Anglais fit les accords de cette lutte horrible :
Ces deux forts champions devaient, sans se frapper,
Au beau milieu du corps tour à tour s'attrapper,
Jusqu'à ce que l'un d'eux, sous cette horrible étreinte,
Des coups non convenus ne portât tout haut plainte.
Le combat fut parfait pendant un bon moment,
Jusqu'à ce que le noir, serré trop fortement,
Et trop humilié de lui demander grâce,
Ferma sa large main, l'en frappa sur la face.
Le Français, courroucé de ce coup surprenant,
Le saisit de rechef, l'enlève incontinent ;
Puis, le jetant très-fort sur la terre avec rage,
Il le tue en un coup dans la force de l'âge.
— Goddam ! dit le milord ; il est sans mouvement !
Ah ! vous avez agi beaucoup brutalement !
Les accords n'étaient pas de s'arracher la vie.
— Milord, dit le Français, j'en avais peu l'envie :
Mais votre méchant noir m'ayant frappé trop fort,
Je me suis vu contraint de lui donner la mort.
— Ah ! c'est à vous très-mal, Français impitoyable !
Goddam ! Vous avez, vous, une force incroyable !
Vous l'avez enlevé comme un petit enfant.
Ah ! vous devez, Français, en être triomphant.

J'avais fait prendre à lui, pour qu'il fût redoutable,
Le bœuf à son dîner, mets beaucoup confortable;
Mais il ne devait pas frapper vous de son poing;
Il voulait tuer vous... Il eut tort sur ce point.
— S'il m'eût atteint plus haut il m'arrachait la vie.
Enfin, de me tuer il n'aura plus l'envie.
— Goddam! dit le milord, vous calmez mon émoi.
J'estime beaucoup vous; voulez-vous servir moi?
Vous passerez chez moi d'agréables journées,
Y pourrez amasser, vous, beaucoup des guinées;
Car mon noir, qu'à mes yeux vous venez d'aplatir,
Allait au Sénégal très-riche repartir.
Mais si vous servez moi, je puis seul vous promettre
Que dans les mains de vous son or je vais remettre.
Le Français refusa, sachant parfaitement
Que la lutte au plus fort peut causer du tourment.

---

## ACHILLE ET ADÈLE,

OU

## LE NAUFRAGE ET LE TREMBLEMENT DE TERRE DE NAPLES, DU 16 DÉCEMBRE 1857.

Achille, conte-moi tout ce qu'en ton voyage
Te survint d'étonnant après votre naufrage.
Tu m'as dit que toi seul, sur le mât du vaisseau,

Parvins pendant la nuit à te sortir de l'eau.
Quoi ! tous ces passagers allant en Italie
Dans ce naufrage affreux auraient perdu la vie!
Ah! le Ciel me chérit, puisqu'en ce grand malheur
Il t'a seul préservé, toi qui fais mon bonheur.
Car c'est une faveur, mon Achille, étonnante;
Aussi j'en suis, depuis, à Dieu reconnaissante.
— Ne me reparle plus de ce naufrage affreux,
Où j'ai tant vu périr des hommes courageux;
Où mes bras impuissants, ô ma charmante Adèle,
N'ont pu sauver des flots la femme la plus belle!
Sa cabine et la mienne, en ce fatal moment,
Ne formaient pour nous deux qu'un seul appartement,
Lorsque les flots, grondant d'une manière horrible,
Nous causèrent soudain ce naufrage terrible.
Un affreux craquement, que fit notre vaisseau,
Le fit pendant la nuit disparaître dans l'eau.
Alors, ma chère amie, ô surprise étonnante!
Cette femme, en mes bras, se jeta d'épouvante.
« Sauvez-moi, me dit-elle (en me serrant les bras),
« J'ai deux jeunes enfants; ne m'abandonnez pas! »
Nous commencions d'aller sur l'eau comme une pierre.
Comment, sans mes deux bras, pouvoir gagner la terre?
Lâchez-moi les deux bras! dis-je en me dégageant;
Tenez-moi par côté; car je puis, en nageant,
Espérer d'attraper le grand mât du navire.
N'ayez peur! Je l'aurai! C'est Dieu qui me l'inspire!
Elle obéit, ma chère, à mon commandement,
Me saisit au collet avec empressement.
Alors je me hâtai de gagner à la nage
Le mât de ce vaisseau, qui fut mon sauvetage.

Deux fois je fus contraint, avant de le trouver,
De frapper un mourant qui voulait m'entraver.
Enfin, je l'atteignis, je pus reprendre haleine.
Il était temps, grand Dieu! Nous respirions à peine.
Les flots trop agités de la mer en courroux
Avaient souvent passé bien au-dessus de nous.
Mais, hélas! un malheur bien plus grand allait naître.
Pourquoi, grand Dieu! pourquoi me la fis-tu connaître,
Pour la laisser périr aussi fatalement
Lorsque nous éprouvions un doux soulagement!
Ah! que j'aurais voulu, mon adorable Adèle,
Supporté par ce mât, côte à côte avec elle,
Pouvoir la rendre au port où les eaux m'ont jeté!
Quel bonheur sans égal j'aurais après goûté!
Mais, hélas! nous avions trop de chemin à faire;
Et les flots agités, redoublant leur colère,
Ne m'auraient point permis un semblable bonheur.
« Cher monsieur, me dit-elle, ah! quel affreux malheur!
« Je n'y puis plus tenir, je n'ai plus de courage;
« Cherchez à vous sauver vous-même du naufrage.
« La nuit est très-obscure, et la mer en courroux
« Semble se déchaîner de plus en plus sur nous. »
Tout à coup dans les flots je la vis disparaître.
Mais non, dis-je, ô mon Dieu! cela ne peut pas être;
Mes yeux sont éblouis! Je ne me trompe pas!
Tu me l'as fait sauver, voudrais-tu son trépas?
J'étendis promptement mon bras gauche sur elle;
Elle avait disparu! Je plongeai, chère Adèle,
Coup sur coup quatre fois, et mes bras, en nageant,
Ne touchèrent que l'eau dans ce vaste océan.
Je regagnai mon mât, le désespoir dans l'âme,

Comptant la voir encore à fleur de quelque lame.
Mais, hélas! elle avait disparu pour jamais.
— Tes regrets, mon ami, prouvent que tu l'aimais.
— Elle était adorable, et sa beauté suprême,
Si ce n'eût été toi, m'aurait perdu moi-même.
Enfin je l'oubliai ; fatigué de nager,
Car à gagner la terre il me fallait songer,
Je dressai de mon mât la pointe devant elle,
Et je le fis marcher droit comme une nacelle;
Et, sept heures après, brisé par mille flots,
Je vis le Portugal, et pris terre à Lagos.
La nuit disparaissait pour laisser le jour poindre,
Et la mer en courroux, qui s'était tant fait craindre,
Reposait en son lit partout paisiblement.
Je lui tournai le dos, et j'allai promptement
Chez un ancien ami très-connu de mon père,
Qui me reçut, grand Dieu! comme aurait fait un frère.
Il me céda son lit, dans lequel je dormis
Comme l'on dort, enfin, chez ses plus grands amis.
Et, quelques jours après, la bourse bien garnie,
Je pris un bâtiment allant en Italie.
Nous étions en décembre, et malgré que ce mois
Soit triste et nuageux, il fut beau cette fois.
Nous prîmes, sans danger, terre à Castellamare.
Mais Naples me tentait; c'est une ville rare.
Aussi, le lendemain, j'admirais sa beauté.
Ah! quel pays charmant! quel séjour enchanté!
Que j'eusse été content si le seize décembre
Eût pu se remplacer par le premier septembre!
Dans ce charmant pays c'est le plus beau moment ·
Le soleil est plus chaud et brille constamment.

Enfin, malgré cela j'utilisai ma course,
Et lorsqu'on ne craint pas de délier sa bourse,
On finit tôt ou tard d'avoir tout visité.
Mais tout n'est pas heureux sur ce sol enchanté,
Car, le soir. en longeant, à dix heures sonnantes,
La place du Palais, ses maisons étonnantes,
Je sentis tout à coup le sol dessous mes pas
S'agiter fortement et ne décesser pas.
Je me crus sur la mer que j'avais détestée:
Eh quoi! dis-je, la terre est aussi tourmentée!
Tout à coup j'aperçus sortir d'une maison
Des femmes en jupon, un homme en caleçon;
D'autres, en s'éveillant, avaient eu la prudence,
Pour paraître en la place avec moins d'indécence,
D'endosser promptement l'habit de leur époux;
D'autres se trouvaient mal et tombaient d'affreux coups;
Plus loin, près d'un hôtel, c'était une comtesse
Qui sortait les pieds nus, criait avec tristesse
A ses nombreux cochers: « Mes souliers, au plus tôt, »
En se faisant jeter sur le dos un manteau.
Chacun n'osait rester dedans son domicile,
Aussi, de toutes parts, on fuyait à la file;
La secousse était forte et faisait présager
A tous les habitants quelque horrible danger.
Moi-même, en ce moment, je croyais voir la terre
S'ouvrir et m'engloutir en quelque affreux cratère,
Lorsqu'une dame, enfin, venant de se coucher,
Vint, en se trouvant mal, en mes bras se nicher.
Je fus assez heureux pour prévenir sa chute,
Résister à son choc sans faire la culbute;
Elle était en chemise, avait tant d'embonpoint

Que mes bras étendus ne l'enveloppaient point ;
Je crus réellement tenir de la Crimée
La tour de Malakof prise par notre armée :
« Ah ! Monsieur, me dit-elle, en reprenant ses sens,
« Quel tremblement de terre ! Ah ! comme je le sens ;
« J'ai cru que ma maison dans ce péril extrême
« Allait m'ensevelir en croulant sur moi-même ;
« Mon époux, moins peureux, me suit en ce moment,
« Et m'apporte en venant quelque chaud vêtement. »
En effet, son époux, en cette conjoncture,
Venait en déployant une ample couverture ;
Il en couvrit sa femme, et dit en me voyant :
« Ce tremblement de terre est vraiment effrayant. »
La place du Palais, malgré son étendue,
Fut couverte à l'instant par la foule éperdue ;
Car, dès le lendemain, on disait qu'à Polla,
Ainsi qu'à Potenza, même dans Castella,
La population était anéantie,
Je sais qu'il en périt la plus grande partie.

Prophètes et devins, astronomes savants,
Qui savez annoncer et la pluie et les vents,
Vous pourriez deviner les tremblements de terre ;
Cette annonce aux humains serait très-salutaire.
A bien chercher, Messieurs, consacrez vos instants,
Et sachez sur ce point vous montrer compétents.

## L'ASTROLOGUE ET LE PAYSAN.

Un jour un astrologue, en observant Vénus,
Glissa de ses deux pieds et tomba sur l'anus.
Pendant qu'il s'efforçait de serrer ses lunettes,
En maudissant Vénus et les autres planètes,
Il vit venir à lui, dans ce cruel moment,
Un jeune paysan avec empressement :
— Cher Monsieur, lui dit-il, vous êtes astronome ?
Êtes-vous Arago, qu'en tous lieux l'on renomme
Pour avoir su donner, par l'électricité,
Au nouveau télégraphe une célérité ?
— Plût à Dieu, mon ami, que pour l'Astronomie
J'eusse de ce savant l'incroyable génie ;
Il sut se surpasser en lisant savamment
Dans tout astre lointain gravitant constamment.
— Puisque vous exercez aussi cette science,
Vous me pardonnerez mon peu d'expérience ;
On dit que nous tournons tout autour du soleil?
Je ne puis pas, Monsieur, croire un conte pareil.
— Vous avez tort, mon cher, de ne le vouloir croire,
C'est l'ouvrage de Dieu, cela seul fait sa gloire ;
Ce mouvement est sûr, on n'en peut plus douter,
Les hommes ignorants n'osent le contester.
— Quoi, Monsieur, vous voulez que cette terre immense,
Dont on sait la longueur de la circonférence,

Puisse autour du soleil graviter chaque jour?
— Oui, chaque jour la terre en fait juste le tour,
Et l'on voit graviter dans le même système,
Et Mercure et Vénus, d'une vitesse extrême,
Puisque Mercure fait en deux mois et deux jours
Ce qu'en un an entier la terre fait toujours.
— Si la terre tournait avec tant de vitesse
Nous nous verrions, Monsieur, partout tomber sans cesse,
Et je ne croirai pas aussi facilement
Qu'un corps aussi pesant tourne rapidement.
— Oui, si vous supposez qu'elle est partout compacte;
Mais elle ne l'est pas, c'est une chose exacte;
Elle n'a de rocher que très-peu d'épaisseur,
Il reste donc un vide énorme en sa largeur;
On le croit en son sein cet effroyable vide,
On n'est plus étonné de sa marche rapide,
C'est que mieux qu'un ballon elle sait s'enfumer.
— Quel est donc le mortel qui pourrait l'affirmer?
— Tout l'affirme à nos yeux, le tremblement de terre (*),
Et le volcan, soupape au globe nécessaire,
Car sans lui (mais grand Dieu! je frémis d'y songer),
La terre et nous serions en terrible danger:
Nonobstant l'immense air qui partout la comprime,
La terre s'ouvrirait, deviendrait un abîme.
Prosternez-vous, jeune homme, et priez l'Éternel
De vous faire comprendre un ouvrage immortel.
Mais je me sens faiblir et me soutiens à peine.

(*) Si la terre était sans vide, les tremblements de terre se feraient sentir en France comme au Mexique; on les sentirait également partout. Je ne crois pas exagérer en disant que le diamètre du vide de la terre doit être au moins de 2,600 lieues.

— Reposez-vous, Monsieur, et reprenez haleine?
— Ah! c'est qu'en observant la planète Vénus,
J'ai tombé sur ce roc qui m'a meurtri l'anus.
— Votre chute, Monsieur, est la preuve étonnante
Qui démontre à mes yeux que la terre est tournante;
Ce que vous me prouvez m'étonne assurément,
Mais ne peut me convaincre assez parfaitement.
— Jeune homme, pouvez-vous toujours être incrédule
Quand le monde le croit: c'est être ridicule.
Ce nouvel astrologue, à mon sens, a raison,
Car la croire sans vide est trop hors de saison.

---

## LE CHEVAL ET L'ANE.

Que vous êtes heureux! Que l'on a soin de vous!
On vous donne l'avoine en abondance à tous;
Lorsque notre maître entre il vous fait des caresses,
Vous parle à basse voix et vous fait des promesses;
Et moi lorsqu'il m'approche, il prend subitement
Un air méchant, cruel, me parle brusquement,
Et lorsque je travaille à moi seul il applique
Sur le dos, sur le cou, de nombreux coups de trique,
Et si brutalement qu'ils me font toujours mal.
Cependant je le sers mieux qu'aucun animal;
Ah! c'est trop méconnaître un serviteur fidèle,
Et je veux m'en venger, ma peine est trop cruelle!

— Sache, dit le cheval, qu'un âne est sans valeur,
Tu lui coûtes trop peu, de là naît ton malheur,
Car pour quarante francs je suis sûr qu'on t'achète;
Conviens que tu vaux peu, quoiqu'assez bonne bête!
Tandis que nous, mon cher, nous n'avons point de prix;
Si tu savais le mien tu resterais surpris;
Du troupeau d'où je sors, où me choisit mon maître,
J'étais un des plus beaux et le plus cher peut-être;
Du prix que j'ai coûté l'on aurait cent baudets,
Tous aussi grands que toi, jeunes, forts et bien faits.
Un cheval à son maître est toujours agréable;
Plusieurs même par nous font un gain incroyable;
Mon frère à deux milords, dans la fière Albion,
En courant leur gagna bien plus d'un million.
Tu comprends que cela nous fait chérir d'un maître,
Ne sois donc pas jaloux, tu fais bien mal de l'être.
— Je ne conteste pas votre rare valeur,
Et ne suis point jaloux d'un aussi grand bonheur;
Mais si vous vous trouviez quelquefois à ma place,
Souffririez-vous ces coups sans faire la grimace?
— Un pareil traitement ne peut pas m'être fait,
Parce que je lui suis un cheval trop parfait;
Mais s'il m'administrait le moindre coup de canne,
Je serais beaucoup plus emporté qu'aucun âne,
Et je lui lancerais, pour ce dur traitement,
Mes deux pieds à la fois, et surtout fortement;
Et si je l'atteignais, j'ose bien te promettre
Qu'à me remaltraitrer il n'oserait se mettre.
Mais non, il m'aime trop pour m'oser maltraiter,
Je n'aurai donc jamais nul coup à lui porter.
— Eh bien! approuvez-vous envers moi sa conduite

— Non, mais de ton destin elle est l'horrible suite,
Car l'âne, en tous les temps, fut toujours malmené,
Il semble qu'il est né pour être bâtonné.
Je crois que cela tient à tes longues oreilles,
On voit peu d'animaux en porter de pareilles,
Aussi la voix de l'homme y pénétrant très-mal
Te fait trouver têtu plus qu'un autre animal;
Donc, dans ton sort affreux le parti qu'il faut prendre
Est d'être obéissant et de savoir comprendre
Que tu dois travailler continuellement,
Autrement tu verrais augmenter ton tourment.
L'âne sut en tous points suivre cette consigne,
Il eut presque toujours un courage hors ligne,
Et malgré ses efforts à se bien comporter,
A porter bien pesant, à toujours bien trotter,
Il arrivait parfois que ce malheureux âne
Se sentait accablé de nombreux coups de canne.
L'homme a ce grand défaut habituellement,
Il l'a toujours frappé; peut-il faire autrement?
Il en a conservé tellement l'habitude,
Qu'il croirait de manquer à son exactitude:
« Ah! c'en est trop, dit l'âne, après ce que j'ai fait
« Je ne pourrai jamais le rendre satisfait;
« Eh bien! quoique je sois bien moins adroit qu'un homme,
« Je lutterai d'abord, et tant pis s'il m'assomme. »
En effet, un matin, il sut du premier coup
Saisir son méchant maître au beau milieu du cou:
« Je te tiens, lui dit l'âne, il faut que je t'étrangle!
« Il est temps qu'à mon tour fortement je te sangle.
« — Au secours! au secours! venez me secourir!
« Ma femme, à l'écurie hâte-toi d'accourir! »

Sa femme, à cet appel accourt sans plus attendre,
Et voyant son époux qui ne peut se défendre,
Elle prend en un coin un long manche à balai,
Et se met à frapper fortement le baudet.
Mais ses coups ne faisaient que hâter la vengeance
Du baudet qui serrait son maître avec outrance;
Et la femme voyant qu'il ne respirait plus,
Et que ses coups frappés devenaient superflus,
Se vit contrainte alors de crier elle-même :
« Au secours ! au secours ! son péril est extrême !
« Au secours ! au secours ! notre baudet le mord,
« Mon époux est perdu ! venez vite, il est mort ! »
Enfin, à tant de cris un jeune militaire (*)
Survint, le sabre en main, lui dit que faut-il faire ?
— Ah ! Monsieur, veuillez donc tuer notre baudet,
Je n'ai pour le frapper que ce manche à balai.
De son sabre soudain il le frappa de taille,
Mais ses coups ne faisaient qu'augmenter la bataille ;
Enfin, il le frappa d'estoc profondément,
Le baudet lâcha prise et mourut promptement.
Mais il était trop tard, l'époux cessait de vivre.
Tout excès en vengeance est fatal à poursuivre,
Car cet âne, en voulant un peu trop se venger
De son maître, sur lui s'attira le danger.

Conducteurs d'animaux, ce trait à vous s'adresse :

---

(*) Ce militaire, nommé Hippolyte, était le chef de musique du 13me régiment de Chasseurs à cheval. Je tiens ce fait de lui-même, car, pendant que son régiment était en garnison à Vienne, il s'était logé chez ma mère : c'était en 1830.

Ne soyez pas méchants, ne frappez pas sans cesse
L'animal que souvent vous surchargez beaucoup :
Songez qu'il pourrait bien s'en venger sur le coup.

FIN DU LIVRE DEUXIÈME.

## ERRATA.

Lisez :

| Pages | |
|---|---|
| 7 | Ne sais-je pas qu'un homme est très-insupportable |
| 52 | Pour se pouvoir nourrir il faut une habitude ; |
| 58 | Car ici, cher Monsieur, il gèle au mois d'octobre ; |
| 68 | Même encore en ce jour il montre en travaillant |
| | Le courage et l'ardeur d'un jeune homme vaillant ; |
| 91 | Dont il vantait l'adresse et la force athlétique. |

# TABLE.

LIVRE PREMIER.



LIVRE DEUXIÈME.

FIN DE LA TABLE.

Vienne. — Impr. et Lith. de Joseph TIMON, montée des Capucins., 7.

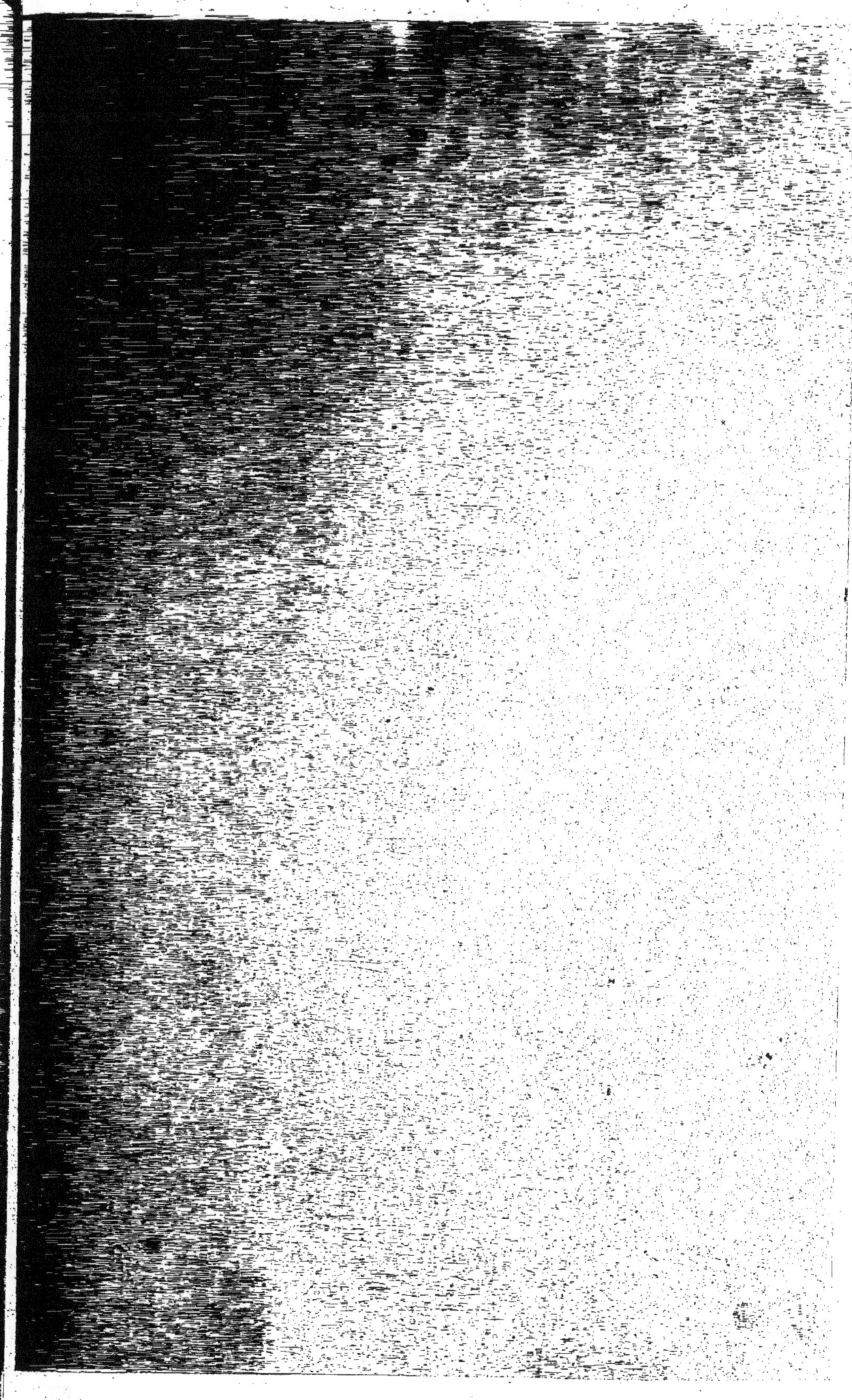

Vienne, Imprimerie et lithographie de J. TIMON, montée des Capucins, 7.

www.ingramcontent.com/pod-product-compliance
Ingram Content Group UK Ltd.
Pitfield, Milton Keynes, MK11 3LW, UK
UKHW021545260726
13993UKWH00002B/647

9 782329 017785